李渔的窗子

◎小西

著

广西师范大学出版社
GUANGXI NORMAL UNIVERSITY PRESS

·桂林·

李渔的窗子
LIYU DE CHUANGZI

图书在版编目（CIP）数据

李渔的窗子 / 小西著. --桂林：广西师范大学出版社，2022.4
（雅活）
ISBN 978-7-5598-4802-4

Ⅰ.①李⋯ Ⅱ.①小⋯ Ⅲ.①随笔－作品集－中国－当代 Ⅳ.①I267.1

中国版本图书馆 CIP 数据核字（2022）第 038312 号

广西师范大学出版社出版发行

（广西桂林市五里店路 9 号　邮政编码：541004）
（网址：http://www.bbtpress.com）
出版人：黄轩庄
全国新华书店经销
广西广大印务有限责任公司印刷
（桂林市临桂区秧塘工业园西城大道北侧广西师范大学出版社
集团有限公司创意产业园内　邮政编码：541199）
开本：787 mm ×1 092 mm　1/32
印张：8　　　字数：146 千
2022 年 4 月第 1 版　　2022 年 4 月第 1 次印刷
定价：68.00 元

如发现印装质量问题，影响阅读，请与出版社发行部门联系调换。

总　序

　　"雅活书系"陆陆续续出来了，受到不少读者的欢迎，编辑约我写一篇总序，我遂想起当初策划此书系的缘由。入夜，又细细翻阅书架上"雅活书系"已出的20余种书，梳理并列出将出的近10种书的书名，不由心潮起伏，感慨系之，于是记下我的片断感受。

　　"雅活"这个概念，并非现在才有，中国实古已有之。举凡衣食住行、生活起居、谈琴说艺、访亲会友、花鸟虫鱼、劳作娱乐，这日常生活里的一切，古人都可以悠然有致地去完成。譬如，我们翻阅古书，可见到古人有"九雅"：曰焚香，曰品茗，曰听雨，曰赏雪，曰候月，曰酌酒，曰莳花，曰寻幽，曰抚琴；又见古人有"四艺"：品香、斗茶、挂画、插花。想想看，"雅活"的因子，覆盖了日常生活的方方面面；也可以说，

"审美"这个东西，已渗入中国人的精神血液里头。

明人陈继儒在《幽远集》中说：

> 香令人幽，酒令人远，石令人隽，琴令人寂，茶令人爽，竹令人冷，月令人孤，棋令人闲，杖令人轻，水令人空，雪令人旷，剑令人悲，蒲团令人枯，美人令人怜，僧令人淡，花令人韵，金石鼎彝令人古。

这样一些生活的风致，似乎已离时下的我们十分遥远。随着社会节奏的加快，人们匆促前行，常常忽略了那些诗意、美好而无用的东西。

美的东西，往往是"无用"的。

然而，它真的"无用"么？

几年前，我离开从事多年的媒体工作，回到家乡，与父亲一起耕种三亩水稻田，这一过程让我获益良多。那时我已强烈地感受到，城市里很多人每日都在奔波，少有人能把脚步慢下来，去感受一下日常生活之美，去想一想生活究竟应当是什么样子。

山静似太古，日长如小年。

余花犹可醉，好鸟不妨眠。

世味门常掩，时光簟已便。

梦中频得句，拈笔又忘筌。

当我重新回到乡村，回到稻田中间，开始一种晴耕雨读的生活时，我真切地体会到内心的许多变化。我也开始体悟到唐庚这首《醉眠》中的"缓慢"意味。我在春天里插秧，在秋天里收割，与草木昆虫在一起，这使我的生活节奏逐渐地慢了下来。城市里的朋友们带着孩子，来和我一起下田劳作，插秧或收获，我们得到了许多快乐，同时也获得了内心的宁静。

我们很多人，每天生活在喧嚣的世界里，忙碌地生活和工作，停不下奔忙的脚步。而其实，生活是应该有些许闲情逸致的。那些闲情雅致或诗意美好，正是文艺的功用。

钱穆先生说："一个名厨，烹调了一味菜，不至于使你不能尝。一幅名画，一支名曲，却有时能使人莫名其妙地欣赏不到它的好处。它可以另有一天地，另有一境界，鼓舞你的精神，诱导你的心灵，愈走愈深入，愈升愈超卓。你的心神不能领会到这里，这是你生命之一种缺憾。"

他继而说道："人类在谋生之上应该有一种爱美的生活，否则只算是他生命之夭折。"

这，或许可以算是"雅活书系"最初的由来吧。

"雅活书系"，是一套试图将生活与文艺相融合的丛书。它有一句口号："有生活的文艺，有文艺的生活。"在我们看来，文艺只是生活方式的一种。文艺与生活，本密不可分。若仅有文艺没有生活，那个文艺是死的；而若仅有生活，没有文艺，那个生活是枯的。

"雅活书系"便是这样，希望文艺与生活相结合，并且通过一点一滴、身体力行，来把生活的美学传达给更多人。

钱穆先生所说的"爱美的生活"，即是"文艺的生活"。下雪了，张岱穿着毛皮衣，带着火炉，坐船去湖心亭看雪。一夜大雪，窗外莹白，住在山阴县的王子猷想起了远方的老友戴逵，就连夜乘船去看他；快天亮时，终于要到戴家了，王子猷却突然返程，说："吾本乘兴而行，兴尽而返，何必见戴！"同样，还是下雪天，《红楼梦》里的妙玉把梅花瓣上的白雪收集起来，储在一个坛子里，埋入地下三年，再拿出来泡茶喝。也有人把梅花的花骨朵摘下，用盐渍好，到了夏天，再拿出来泡水，梅花会在沸水的作用下缓缓开放。

——这都是多么美好的事！

生活之美到底是什么？从这套"雅活书系"里，每一位读者或许都能找到一点答案。当然，这并不是"雅活"的标准答案，生活本无标准可言——每个人的实践，都只是对生活本身的探寻。而当下的生活，如此丰富，如此精彩，自然也蕴含着无比深沉的美好。"雅活书系"或许是一束微弱的光，是一个提示，提示各位打开心灵感受器，去认识、发现、创造各自生活中的美好。

很荣幸，"雅活书系"能得到读者们的喜欢，也获得了业内不少奖项。我愿更多的人，能发现"雅活"，喜欢"雅活"；能在"雅活"的阅读里，为生活增一分诗意，让内心多一丝宁静。

写完此稿搁笔时，立夏已至，山野之间，鸟鸣渐起。

周华诚

2019年5月6日

自序

建筑是一个时代最忠实的呈现。

我小的时候，住的是一个独门独户的院子，方圆几百米只有我们一户人家。屋子是人字坡顶的，白墙黑瓦，边上还有一个杂物间。不过我们倒是从没像《武林外传》里那样爬到人字顶上去数星星，只经常爬到杂物间的平顶上玩耍。冬天雪后，屋檐会挂下冰柱来，天气够冷，那冰柱能有半米多长，当作"武器"，相当威风。

坦白说，那时候冬天的室内相当冷，厚厚的墙壁也挡不住凛冽的寒气，只有暖炉能给些安慰。后来我看到宋画里的建筑，有些不明所以：隔扇门，上面糊着窗户纸，大冬天的，可以？我母亲告诉我，没问题，只要窗户纸不破。她小时候，好多人家糊的都是窗户纸。多少年都这么传下来了，再说还有火炉。

我是个百分百的建筑门外汉。所以当林之老师建议我"可以写几篇建筑随笔"时，我有点恍惚。我所知道的建筑，仅限于纪录片、书、古画里的建筑，和出去旅行时见过的古村落。

后来我想起了2014年那个春天的早上。那几年经常去北京出差，每回都会抽一个早上去紫禁城转一圈，才算完整。那天早上我坐在一个院子的台阶上，应该是某个嫔妃的院子，看着屋檐下被网起来准备修缮的斗拱，原本鲜艳的青绿色已经褪得斑斑驳驳，突然想到曾经住在这里的姑娘们，大多时候也是这么百无聊赖吧。

于是斗胆答应试试。建筑的故事，从某种意义上，也就是那个时代的人的故事吧。

正巧那段时间英国BBC的纪录片《紫禁城的秘密》大热。制片方联合故宫专家做的一场地震模拟实验，神还原了一句关于中国建筑的老话：墙倒屋不塌。虽然是实验室结果，但那座按1:5比例复原的宫殿木结构主体竟然能扛住30秒十级强度的地震，也是传奇了。

瞧，中国古代建筑不只是一个远去的"孤独的背影"。

也许你正置身一栋高层建筑。你可能没想过，这钢筋混凝土浇筑的高层建筑，如同变形金刚般的刚硬存在，在柱子和梁的衔接部分是安装了阻尼装置的 —— 这个装置，原理就类似中国的斗拱。

你一年里也会坐那么几回高铁吧 —— 你看到一个硬币立在窗台上，就是不倒。秘诀在于，底下高铁桥的梁部和墩柱部分，有一个源于榫卯结构的减震装置，用来消除重量转移时产生的巨大剪切力。

这是建筑的智慧。

还有一句古话叫："不为无益之事，何以悦有涯之生？"中国古代很多文人都喜欢拿这句话说事儿，翻译过来就是今天人说的"把时间浪费在美好的事物上"。

建筑构件也是一样。

浙江工业大学有个老师，陈炜，做环境设计，却意外地因为画牛腿，在国内外办了好多回展，他的书《匠心随笔 —— 牛腿》还被评为2014年度"中国最美的书"。他有句话，似乎说出了我等住在现代建筑里，又对中国古代建筑怀有一丝丝情愫的平凡人的心声：今天，作为建筑结构形式的牛腿已经远去；但作为一种文化的精神，它不应该远去。

无论是否仍是房屋结构上的支撑，那些建筑构件已经支撑着我们走过了几千年岁月，它们以一种隐秘的方式根植在我们的基因里，只是我们不自知。

　　来之不易的，也不会轻易远去。

小西于杭州

2021 年 11 月 22 日

目录

辑一　瓦上听风

003　窗：李渔的窗子

018　亭：就这么亭亭独立着

028　影壁：不是一道普通的墙

040　台阶：玉阶空伫立

051　墙：墙外行人，墙里佳人笑

061　瓦：瓦上听风

073　砖：宋人与砖

辑二　门内门外

087　门：门内门外

098　门闩：关门，落闩

106　门槛：没有过不去的"槛儿"

116　门枕：好一个里应外合！

125　门环：门环当当，有客到

辑三　无用之用

135　　牛腿：无用之用

145　　挂落："傻瓜，是美啊！"

156　　栏杆：春风拂槛露华浓

169　　花街铺地：春从何处是

辑四　今夕何夕

179　　月梁：梁上有虹

189　　斗拱：四两，拨千斤

202　　垂花柱：何陋之有？

212　　柱础：山云蒸，柱础润

222　　鸱吻：今夕何夕

233　　藻井：顶上有乾坤

·辑一

瓦上听风

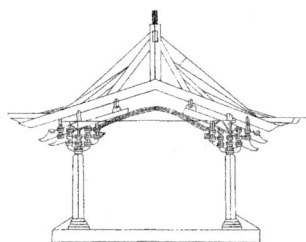

窗：李渔的窗子

"凿户牖以为室，当其无，有室之用。"
——老子

李渔的人生有一大恨。

当年他住在西湖边，很有些想法：买只画舫，旁的不求标新立异，只需在画舫的窗子上做做文章。

在《闲情偶寄》里，李渔把他的设想写得清清楚楚：画舫四面包裹严实了，只在左右两侧留下虚位，"为便面之形"。"便面"这个词听起来很有些费解，说白了就是"扇面"。

于是舟行湖上：

> 则两岸之湖光山色、寺观浮屠、云烟竹树，以及往来之樵人牧竖、醉翁游女，连人带马尽入便面之中，作我天然图画。

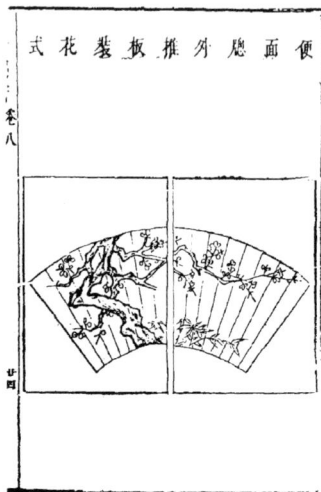

便面忽外推板装花式

卷八

廿四

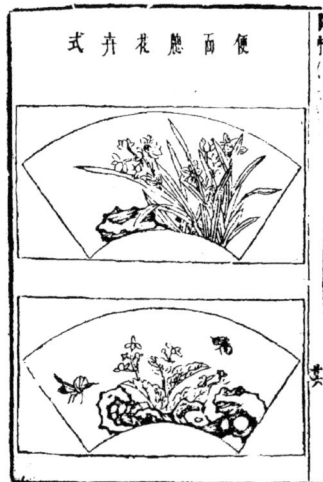

便面忽花卉式

廿五

不只如此，对于往来的游人，舫内的浅吟低唱、醉酒高谈、走棋观画，也是一幅鲜活的扇面画。

还有更厉害的：无论这边的人物或是那边的山水，都在不断变换着，风一摇水一动，这一秒的画面顷刻也就不同于上一秒了。

这不正是"你站在桥上看风景，看风景的人在楼上看你。明月装饰了你的窗子，你装饰了别人的梦"？

说起来，船上带窗子本也算不得稀罕 —— 船原本就是移动的房屋。高级些的，恨不能雕梁画栋 —— 有一件据传是北宋张择端所绘的小画《金明池争标图》，画中象征天子的那艘大龙舟由众多小龙舟牵引，拉开龙舟赛的序幕；方寸之间，奢华扑面而来：那龙舟上，生生就是一个规模可观的建筑群！

行走在风高浪急江面上的大船，则是另一般模样。北宋郭忠恕的《雪霁江行图》中，大船一侧的栏槛钩窗精巧华丽，外面加装了不透明的支摘窗，支起时采光，放下时保暖。江上之雪霁不能辜负，温度也要有。

李渔的高级在于，他将画舫的窗子设计成了扇面形，并为此得意扬扬 —— 似乎很不起眼，但那么多能工巧匠、设计人才，哪个想到了？身为文人的手边物，扇子原本天生就是画的载体，更何况，那画还是活动的 —— 如果将之比作今天的

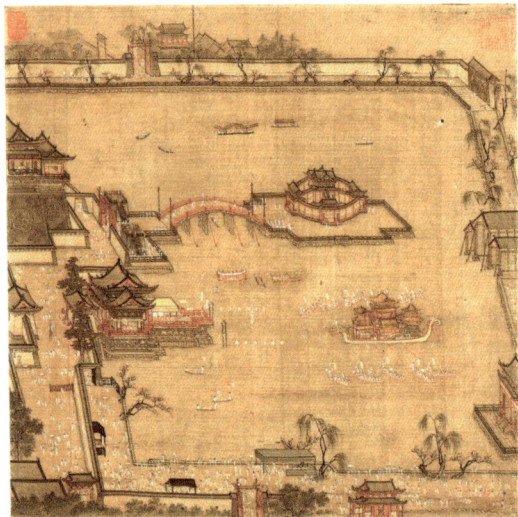

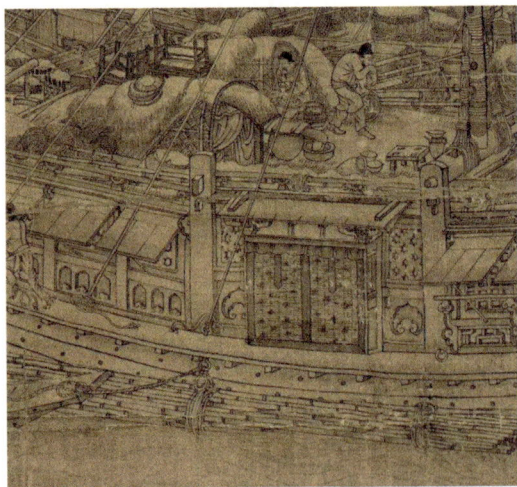

摄像取景框，实在又埋没了其中那一分迷醉。

李渔终没能如愿。在杭州时财力不逮，有心无力；后来移居南京，再无可能。或许只能长叹一声：何时能遂此愿啊，渺茫，渺茫。

［一］

建筑史上，窗子从来不是省油的灯。

不妨就从一个字 —— "明"，追溯追溯它的历史。

两千年前的某个晚上，酒喝到刚刚好的曹操对着月色，思绪万千，长吟一句"明明如月，何时可掇？"人类欲上青天揽明月的心思，大概从古至今从没断绝过，那里面是种种渴望：现世的江山，让人"沉吟至今"的"君"，求之不得的内心平静。

在这一点上，造字的古人倒是显出了他们的豁达和不争：夜阑人静时，明月在窗，清辉入室，月亮难道不是只因世间的我而存在？

于是因为一个"明"字，便有了这样的设计：窗前之月。

没错，不是今人脱口而出的"日月明"，却分明是"囧"（jiǒng）和"月"的组合 —— 甲骨文中的"囧"，就是妥妥的

将月亮定格的窗子。

古人大约是笃信：有月，有窗子的人生才够完整 —— 天、人，合一。

当然，窗子的历史，要比文字的历史久远太多。最原始的窗子，不过是古人洞穴（茅草篷）上的一个小洞。这个建筑顶上的小洞，责任重大：室内的通风、采光，都要靠它。

后来建筑水平往前跨了一步，"囱"也便与时俱进地出现了分化：专门用来排放烟火气的，成了"囱"；而"囱"上添个"穴"，就成了窗 —— 天窗。功能性上的分道扬镳，又无端生出几分浪漫。

再后来，更普遍意义上的、开在墙上的窗终于出现 ——"牖"（yǒu）。墙上开窗，不仅有效解决了漏雨问题（有大屋檐挡着），采光能力也大大提高。

汉代继续进阶。在汉代明器上，大窗被置于门的两侧

（或一侧），同今日的窗似乎并无二致。区别在窗棂——古时还没有合适的隔挡，窗棂被设计得密实：直棂、横棂、斜方格，通风透光的同时，也能抵挡风寒。

窗户纸是很久之后的事。

那么，用什么抵挡风寒？窗前有帷幔，材质轻薄，算作今日的"窗帘"大概没问题。风大，帷幔也不顶用？不怕，还有屏风。

汉代的笔记小说《西京杂记》里有一则说到赵飞燕被册封为皇后，妹妹赵合德送来贺礼。三十五件厚礼中，有两件屏风，一件是琉璃材质，一件是云母。

自然都是王公贵戚之物。《世说新语》里的一则轶事，可以作个旁证：

晋武帝司马炎某回召见吏部侍郎满奋。满奋身材胖大，却很怕风，看到北窗前立着块半透明的琉璃屏风，弱不禁风的样子，便全无勇气再上前一步。于是被晋武帝嘲笑了一回。

琉璃屏风作为名贵的舶来品，即便对于吏部侍郎这样的高级官员，也是见所未见。

至于寻常人家，有草席麻布兽皮挡寒，大约就很满足了。

〔二〕

唐元和十二年（817）春天，江州司马白居易呼朋引伴，又请来东林寺、西林寺的长老，备了斋食茶果，庆祝他的新居庐山草堂落成。

这是白居易被贬到江州的第三年。不得已收起兼济天下的豪阔，转向独善其身。

搬进新居已经十来天了，眼前的草堂就如他想象的，仰观山色，俯听泉音。白司马很满意。三间屋子，中间是厅堂，两侧是内室。夏天，打开北边的门，凉风习习来；冬天，南面的阳光照进来，屋里暖洋洋。内室的四扇窗子，贴上窗纸，挂上竹帘麻帐，窗外竹影随风而动，喷喷。

不过，白居易坐在窗前，没准也曾有些遗憾：不能推开窗，探出头去，看有没有新笋冒出来。——唐代，墙上开的窗子，大多还是没有启闭功能的直棂窗，棂条纵向排列，简洁素朴，是固定的。能启闭的窗子倒也不是没有，李白就写过"开窗碧嶂满，拂镜沧江流"，只是当时远未普及。

工艺的进阶，要到宋代。

南宋院画家刘松年笔下的宅子，单薄程度多少让人心疼古人——外面白雪皑皑，从周遭的山水景物来看，显然是比城里要冷上三五度的郊外，那宅子的墙，却是一水的格扇：由

刘松年《四景山水图》之"冬"

上至下，只是方格子，格子上覆着薄薄的窗纸。窗纸透白，是标准的宋代文人的审美，云淡风轻，却不免让人直打哆嗦：据说一千多年前的临安（杭州）要比如今暖和些 —— 这说法不免有些可疑，毕竟下雪，总在零度以下。

不冷吗？

不（太）冷。

窗纸覆在镂空的框子上，保暖性经过了一千多年的检验 —— 除非被捅破。里面想必也燃着火炉。

刘松年画中的格扇，真真儿就是宋代的流行。

今日的日本建筑，尤其民居中，格扇简直寻常可见，且依循古制，用的照旧是窗纸。所不同的是，日本和室用的是移门。

格扇唐代就有，究竟那时候是否流行推拉，没有实物，很难讲。反正宋代格扇流行推启，或者索性卸下。范成大说"吹酒小楼三面风"——到了夏日，那四围只留下一堵背墙，其余三面，统统移掉！

这在西方建筑看来，简直太任性了：只用一面墙撑起整座建筑？然而中国的木结构建筑，由梁柱就能支撑起整座建筑，不要说拆掉三面墙，四面都拆掉，也不在话下。

北宋院画家张择端的《清明上河图》里出现的另一种格扇，更像明清的格扇门：格子占据了四分之三，剩下的四分之一，是实心的裙板。相比临安，汴梁偏北，这样的设计，更为实用，防风防寒性更强；日光却可以肆意地进入室内，因了上部的房檐和下部裙板的保护，也不必担心雨雪。

于是到了明清，这种格扇遂一统江山，造型和装饰纹样也有了万千变化。单单一个格心的纹样就让人眼花缭乱：三交六椀菱花、双交四椀菱花、一码三箭、回纹、冰裂纹、云纹、步步锦、龟背锦、灯笼锦，万字、工字、井字、十字、亚字、六角、八角、菱格，如意、风车、花结、梅花、海棠……这还只是一部分常见的，更不必说裙板的变体和装饰！

此刻，《清明上河图》里的汴梁城正是仲春和暮春之交，阳光柔和得要将人融化。画中大酒楼"正店"和"脚店"二楼，几道格扇早被卸下。春风里喝着小酒，倚靠在栏杆上，赏着汴梁的繁华街景，那才叫人生。

且慢——这宋代叫"格子门"的格扇，不是应归在门的行列吗？

并没有那么绝对。在古人眼里，门和窗的界限并没有那

张择端《清明上河图》局部

么分明，有个词——"窗户"可以"出庭做证"。《说文解字》里说："户，护也。半门曰户。"至于在江南，更直接，窗不叫窗，叫"窗门"。至于格扇，如果是落地的，就叫"长窗"；若是安在墙上，北方叫"槛窗"的，江南则直接称作"短窗"。

〔三〕

对窗子有要求的文人，从来不在少数，否则苏州的留园不会单单园林取景用到的漏窗就有六十多款，沧浪亭的漏窗则多至一百零八式。

苏州的拙政园西边的卅六鸳鸯馆，临水的那面，三开间，每间的六扇长窗都可以全部打开，夏日倚窗看看荷花鸳鸯，那是极好的。这也是园主人宴客和听曲的地方。拙政园当年初建，江南四才子之一的文徵明据说参与了整个园子的设计，还留下了《拙政园三十一景》图。不过卅六鸳鸯馆是清代建的，拙政园的格局也有了很大的变化。当然，情愫还是在的。

文徵明的曾孙文震亨，秉承了祖上的基因，终日在苏州香草垞里钻研他的园子和日子。在那部"明代优雅生活指南"——《长物志》里，他指点道：

> 长夏宜敞室。尽去窗槛，前梧后竹，不见日色。列木几极长大者于正中，两傍置长榻无屏者各一，不必挂画。盖佳画夏日宜燥，且后壁洞开，亦无处宜悬挂也。北窗设湘竹榻，置簟于上，可以高卧。几上大砚一、青绿水盆一，尊彝之属，俱取大者。置建兰一二盆于几案之侧，奇峰古树，清泉白石，不妨多列，湘帘四垂，望之如入清凉界中。

那些窗槛什么的，都拿掉罢。屋外竹林荫翳，清泉石上，屋内竹榻可以高卧，墨砚已经备好。屋内屋外，哪里有什么间隔？——好一片浑然的清凉之境！

也是在香草垞，文震亨纠结再三，接受了朝廷的征召，去京城为崇祯帝料理琴棋书画之事，不几年又回到这里。清兵攻陷苏州，文震亨不愿做贰臣，投阳澄湖自尽；后被救起，绝食六日而死。

对于骄傲的文震亨而言，那些窗前美好的日子已然远去，就这样吧，就这样吧。

〔四〕

花木兰战场归来，"当窗理云鬓，对镜贴花黄"。李清照却在某个秋日，三杯两盏淡酒，梧桐更兼细雨，心情萧瑟："守着窗儿，独自怎生得黑？"李白写"寒月摇清波，流光入窗户"，也许是在某回醉舞狂歌之后。杜甫流寓成都，所幸还能见到草堂"窗含西岭千秋雪"。而苏轼十年梦回，眼前恍惚竟是早已故去的结发妻子"小轩窗，正梳妆"。

十年寒窗，浮生一日，悲欢离合。窗子内外，一幕幕剧情在岁月里上演。

贝聿铭曾经做过一个对照：

在西方，窗户就是窗户，它放进光线和新鲜的空气；但对中国人来说，它是一个画框，花园永远在它外头。

这大概就是东方的浪漫主义。

亭：就这么亭亭独立着

"峰回路转，有亭翼然临于泉上……"

——欧阳修

东晋时的《搜神记》里有这么一个故事：

说三国时有个叫汤应的 —— 我们姑且叫他汤大胆 —— 出差路过庐陵郡，天色已晚，于是打算在庐陵的都亭留宿。

"都亭"，就是设在城里的亭。汉代盛产各种亭，城里有"都亭"，市场里有"市亭"，街边有"街亭"，城门上有"门亭"，乡下有"乡亭""下亭""野亭"……

先把视线转回汤大胆。话说他留宿的那个都亭，亭馆常闹鬼，死过好些个人，如是者三，也就没人敢住了。他却不信邪，任亭吏劝告再三，还是执意要住，只一把大刀随身。

半夜，敲门的来了。

问："谁?"

答："州刺史。"

汤大胆让进。彼此寒暄一阵，告辞。州刺史是中央派驻地方的监察官，由此可见，汤大胆官职不低，且极可能身负秘密使命，才能让州刺史三更半夜来通消息。

过了一会儿，又有敲门的。这回来的是郡太守——地方一把手。汤大胆又让请进，郡太守穿着黑衣，汤大胆暗忖：是人。又寒暄了一阵，郡太守离去。

第三回，敲门的又来了。

外头说，州刺史和郡太守一齐前来拜见。

汤大胆提刀，照例请进，心里已经明镜似的：这二位官员，怎么可能一起来？

依旧淡定。各自入座。聊着聊着，那"州刺史"忽然起身到汤大胆身后，汤大胆有备，回身就是一刀，不偏不倚。眼前的"郡太守"见势不妙，仓皇起身逃跑，到亭后墙下，被追来的汤大胆连砍几刀。

事毕，汤大胆转身回房，睡觉去了。

第二天，循着血迹，找到了妖精，原来是一只猪、一只狐狸。从此，庐陵郡都亭妖怪绝迹。

两汉魏晋，发生在亭馆中的志怪故事不少，汤大胆不过其中之一。

不过本文的主角不是妖怪，也非汤大胆，是亭。

[一]

亭，这种开放式的骨架建筑，是中国文人最迷恋的建筑形式。木亭、茅亭、竹亭，貌似不经意地散落在山野、园林，当然还有文人的山水画中，实则都是精心铺排。

不过在汤大胆的时代，亭并不是这般模样。

从汤大胆所在的庐陵郡都亭，大致可以窥见当时亭的模样：亭内有馆舍，用于接待出差的官吏；又有楼阁，大约可作瞭望之用；四面还有围墙。可见那时候的亭，是个组合型建筑，不仅担负着地方治安的功能，还有驿站功能 —— 粗略地类比一下，相当于治安所+政府招待所（商旅要留宿，也是可以的）。

据说史上最著名的亭子 —— 王羲之家的兰亭，曾经就是个驿亭。之所以叫"兰亭"，是因为春秋时越王勾践曾在此地种过兰花。不过到了魏晋时期，兰亭已然成为超级豪门王家园林中的一处景致，这才有了王羲之那场庙堂江湖都交相传颂的雅集：曲水流觞，饮酒赋诗，醉眼中写下"是日也，天朗气清，惠风和畅。仰观宇宙之大，俯察品类之盛，所以游目骋怀，足以极视听之娱"。

〔二〕

往前追溯。

公元前210年。秦末。四十七岁的泗水亭长刘邦押解着一队役徒在奔赴骊山的路上。

如你所知，这是份苦差事。雨天，路难走，这一队修筑秦陵的苦力，一路走一路逃亡。走到丰西泽，人已跑了大半。那日在亭舍，酒喝得差不多了，刘邦的决心也下了。他走出亭舍，对剩下的人说：都跑吧，兄弟们。

众人大惊：那你呢？

刘邦瞪着眼，沉声道：我也跑。你们要有人愿跟着我，就跟着我。

前泗水亭长刘邦于是入了芒砀山。跟着他的，是十来个兄弟。他没有等太久，好运马上就会降临。

言归正传，"亭长"是个什么职务？

再马马虎虎类比一下，相当于派出所所长。

《续汉书·百官志》详细记录了下来："亭有亭长，以禁盗贼。"说得明明白白。还有两个属下：一个是"亭父"，负责处理日常杂务；另一个是"求盗"，相当于捕快。

战国时代，一场接一场战乱，各国于是在边境线的县下置亭。亭的功能，不消说，武备、防御。每个亭所辖的区域是十里，长官名曰"亭长"。但"亭长"这个职务，并没有国家编制，各地方自行委派合适的人选，领点小薪水。

秦沿袭了这一制度，于是有了著名的沛县混混儿刘邦的横空出世。

而据另一派的考证，亭子的历史还可以再往前推一千年。

三千多年前，殷商建立后不久，在城墙、边防要塞上修筑了一种有顶的高台建筑，作瞭望之用。先秦的古陶文可为"呈堂证供"：高筑台，下面是个"丁"——守卫的兵士。

可见，不管怎么说，最初的亭子，怎么都同今人想象中的风花雪月不搭界——那可是事关国土安全的存在。

〔三〕

直到王羲之所在的魏晋南北朝。

实用功能开始退后，亭开始担负起美的功能。

到了隋唐，园苑中筑亭已经很普遍。隋炀帝杨广在东都洛阳营建西苑，宫苑内聚石为山、凿地为湖海，山上要风亭月观，据说能忽升忽没；唐玄宗的兴庆宫内，最风光旖旎的一幕，莫过于杨贵妃"沉香亭北倚阑干"。

但"驿亭"的意象，却又实在让人浮想联翩：交通干道上，快马疾驰，十里一长亭，五里一短亭，传递着帝国的各种消息 —— 于是不单保留了下来，更生出各种离愁别绪。

也对，来往其间的，都是匆匆过客。

李白那日在鼎州沧水驿楼上留下的"何处是归程？长亭更短亭"，无限惆怅。

甚至还有了这样的传统 —— 长亭送别。

一场离别，感情深的，少不得要相送一程。就在那十里长亭中置下筵席，推杯换盏、依依惜别一番。也有那感情至深的，一程接一程地送，于是那"长亭外，古道边，芳草碧连天"的送行酒，竟能连着喝上十天半个月！

[四]

崇祯五年（1632）腊月，大雪接连下了三日。张岱心下欢喜，兴冲冲地出了家门，直奔杭州而去。

张家在西湖边自然是有别业的。不过这日张岱并不打算住在别业中，他披着毛皮大氅，带着火炉，让船工往湖心亭划去。

他要去湖心亭看雪。

那湖上光景，后世就连童子都能顺口道来：

天与云、与山、与水，上下一白。湖上影子，惟长堤一痕、湖心亭一点与余舟一芥、舟中人两三粒而已。

张岱去的时候，湖心亭建起不过几十年，是西湖中的点睛一笔；但距亭子成为园林、山水的标配，倒已经千年了。三角的、四角的、五角的、六角的、八角的，还有梅花的、横圭（上圆下方）的、十字的，没有定式，因地制宜。

它与房屋的区别，只是有没有墙。因为没有墙，于是通透，无边风月，尽收眼底；因为有顶，又能遮挡风雨，哪里都宜来上一座。

各种隔绝了烟火气的词，都被加在了亭子身上：亭亭玉立，亭亭净植，亭亭独立，亭亭如盖。总之，亭亭，是高挑的，曼妙的，明亮的，不必依附于他人的。

北宋庆历五年（1045），欧阳修被贬到滁州，被迫离开政治中心，内心苦闷，只能在滁州的琅琊山水里稍稍释怀。那日一堆人又去琅琊山，峰回路转，有亭翼然临于泉上，欧阳修一拍手——就叫醉翁亭吧。欧阳修说：醉翁之意不在酒，在乎山水之间也。

这种标准中国文人式的逃离，绵延了几千年，一直到晚明的"花间隐榭，水际安亭"，越是逃离，越是沉溺于对园林

佚名《玉楼春思图》

的探索。

　　所以在山水画中，那个貌似不经意的角落，出现的貌似简淡的亭子，埋藏着各式的高远想象——名士在里面，在一旁，谈笑、弹琴、喝茶、凝神，一副出世的表情。

也有性子极冷淡的，比如元代山水大家倪瓒，全然不屑于让什么高士在他的画里出现，天地间只有亭子。几根低矮的柱子，支起一个茅草顶。

据说有一天有人忍不住问倪瓒：画里怎么总是没人？

他淡淡地说：天地无人。

在张岱的记忆里，天地间终归是有人的。张公子从来都是性情中人。

往湖心亭看雪那个时节，他还在富贵温柔乡里；写下这段经历时，大明已亡，一切皆为前尘泡影。

但有回忆总是好的。那日到湖心亭，竟见到亭上已有二人铺毡对坐，边上还有一童子正在煮酒，炉正沸。两路神仙一见，皆大喜过望，二人赶紧拉张岱入座，共饮三大杯。

[五]

张岱在湖心亭看雪的美好日子过去了百余年之后，18世纪，一个法国传教士来到中国。

在欧洲园林建筑界，一股"中国风"正在掀起。在随后的一个世纪，英国、法国、德国、意大利、丹麦……欧洲的园林中，小桥流水、假山、亭子，都开始出现。

身为成千上万来到中国的传教士中的一个，我们不知道这个法国传教士的姓名。但他留下了一本书——《论中国建筑》（*ESSAI SUR L'ARCHITECTURE CHINOISE*），一本彩绘图集。

这位进过皇家园林、会说中文的法国传教士，试图用绘画，将他眼中的中国建筑讲述给欧洲。

他绘制了将近五十座款式各异的亭子，并冷静地说，这些不过是冰山一角。他接着说道：

> 他们喜欢的是曲折蜿蜒的河岸，时而平缓时而陡峭，时而整备时而野趣；但为了对他们所模仿出的自然进行美化，他们用亭子装饰池塘，用小桥点缀水曲，唯一的目的就是视觉审美……

没错。

影壁：不是一道普通的墙

那边，是现世的浮靡；
这边，是眼前的幻梦。

　　南朝陈后主陈叔宝，作为皇帝，不消说，是个混账东西，隋文帝杨坚打到家门口，他还在酒色中莺歌燕舞，告急文书被搁在一旁没启封。不过，不是个好皇帝，不代表一无是处。陈叔宝在审美趣味上，倒是很有点想法。

　　陈叔宝有个十多年来始终占据C位的心爱姑娘 —— 贵妃，张丽华。

　　在皇宫光昭殿后面，他为张丽华设计了一座庭院，一反惯常的皇家奢华，却是清清冷冷，只在庭中植了一株桂树，树下是一副捣药的杵臼，旁的再无他物。

　　奥义就在张丽华。

　　史载张贵妃一头黑亮炫目的七尺长发，肤如白雪，目似秋水，顾盼间光彩照人；绝色也就罢了，还不失端庄；更兼极聪颖，思路敏捷清晰程度，竟至能坐在陈叔宝膝上，一同处理外政；又及，内庭的人际关系竟也处理得妥妥帖帖。

所谓尤物，大概就是这个意思。

但见张丽华身着素色裙裳，飘然穿过圆月门洞，水晶珠帘在身后丁零作响。月洞门前是一架罘罳，也是素淡颜色。她绕过罘罳，进到庭院，俯下身子，放下怀里抱着的雪兔，那兔子于是蹦开了，剩她一人在庭中独自漫步。

庭院名曰 —— 月宫。

素色罘罳生生隔开了两个世界：那边，是现世的浮靡；这边，是眼前的幻梦。

[一]

"罘罳"这个词，看起来很高冷，不好惹。其实在今日却也再常见不过 —— 便是门前的那一道屏障。

今人更熟悉的名字，是从唐宋后开始流行的 —— "照壁"或"影壁"。

寺院山门外那一道明黄色的刻着"咫尺西天"的墙；大宅子入口，正对着大门的那道青灰色的砖墙；园林里对着园子门洞的那堵雕刻着梅兰的墙；比比皆是。

还有一种在今日再大众不过的变身——玄关墙。

不过在秦汉时，它还叫"罘罳"，读作"fú sī"。

为什么起这么个名？

史书里是这么说的——

汉代大臣上朝奏事，行至内屏外，是要立定的："臣朝君至屏外，复思所奏之事于其下。"即将面圣，须得对着罘罳，定定神，整理整理思绪，好好想想该怎么说话。罘罳，复思也。

这一仪式想来挺有效，否则后来王莽篡汉，就不会出那么一档子事，特别派人去拆了汉家陵园的罘罳，意思是，"勿复思汉"了。一心想着千秋万岁的王莽，想得有点多。

不过，罘罳倒不是到秦汉才有的，至少在周代就已经出现了。只是那时候并不叫这个名字，叫"树"或是"屏"。

在陕西岐山凤雏村的一座西周遗址中，考古学家找到了目前最早的证据。

这是座大型宫室建筑，中轴对称，房基的面积就达近1500平方米。门道前的中轴线上，一道长4.8米、厚达1.2米的照壁横空出世。残留至今的部分显示，当年照壁表面都抹有三合土，这种由细砂、白灰和黄土搅拌成的建筑材料，相当牢固，完胜今日的水泥。

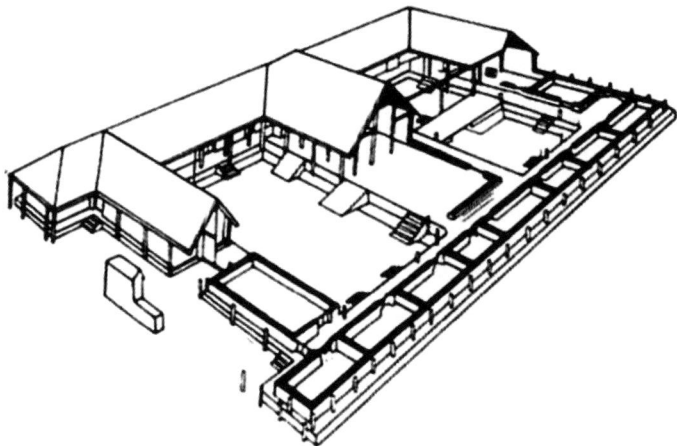

陕西岐山凤雏村西周宫室遗址（杨鸿勋《建筑考古学论文集》）

何以在门前立这么一堵似乎全不实用的墙？容后再议。
总之，在上古风气依旧盛行的周代，大伙儿都还处于穴居、半穴居、巢居的条件下，这等派头，也只有皇家有了。

至于它的另一个名字，更是如雷贯耳 —— 萧墙。

这就得说到孔子的两位弟子，子路和冉有。

那日二人来拜见老师，聊起一桩事，老爷子一听，当场就发了飙。

事情是这样的 ——

子路和冉有共同的老板季孙氏，打算攻打颛臾。二人此来，大约是想探探孔子的意见。理由凿凿：颛臾如今城池坚固，现在不打，以后一定会成子孙大患。

孔子怒：冉有！这事儿难道不是你的责任么！"吾恐季孙之忧，不在颛臾，而在萧墙之内也！"——我看季孙氏如此大动干戈，怕的不是颛臾，而是国君吧！

事情看起来有点怪异，因为颛臾原本就是鲁国的属国。其实大有深意。孔子眼睛雪亮，心里门儿清。

此时，季孙氏在鲁国的权力太大，鲁哀公有想法要削弱其势力，季孙氏自然有风闻，于是打算抢先下手，吞并颛臾，掐断鲁哀公联合颛臾对付他的念头。

[二]

孔子心明眼亮，一针见血："祸起萧墙。"

"萧墙"在孔子的话里，就是国君的代称。

萧墙的萧，原读作"肃"，这么一来也就明白了：萧墙就是"肃墙"，这堵墙下，臣子须得收敛心神，肃敬以待，同后来的"罘罳—复思"一个意思。

所以照壁在最初，是皇家专用。

也因此，孔子在某一回表达了对管仲的不满。

对这位一百多年前的前辈，孔子是很敬仰的："管仲相桓公，霸诸侯，一匡天下，民到于今受其赐。微管仲，吾其被发左衽矣。" —— 管先生辅佐齐桓公称霸诸侯，匡正天下……没有管先生，我等今天还是披发左衽的野人啊。又说："桓公九合诸侯，不以兵车，管仲之力也。如其仁！如其仁！" —— 尤其，在管先生的辅佐下，齐国"称霸武林"靠的不是武力，是仁义，啧啧！其仁乎！其仁乎！

但提起管仲在家门前立照壁一事，孔子就不客气了 ——

或曰："……管仲知礼乎？" —— 人问：管仲知礼么？

曰："邦君树塞门，管氏亦树塞门……管氏而知礼，孰不知礼？" —— 孔子答：国君设照壁，管仲也设照壁……管仲要是知礼，还有谁不知礼？

关于照壁的规矩，《礼记》里明确说了："天子外屏，诸侯内屏，大夫以帘，士以帷。" —— 天子才有资格在门外设照壁；诸侯级别是在门内设照壁；大夫，用帘子；至于普通的知识分子（士），挂块土布挡挡就完了。

饶是齐桓公的丞相，权倾朝野，在礼制层面，管仲也只是大夫级别，"大夫以帘"。照壁？僭越！

换个角度，也可知到了春秋初期，这条规矩已经不怎么管用了。

不过，无论如何，即便不再为皇家专用，照壁在之后漫长的两千年里出现的场所，也大都是相对高规格的建筑：权贵之门、寺院、国家公务机构等等。

魏晋名士阮籍，就是传说中惯以白眼看人（要么就是醉眼看人）的那位，两千年来粉丝如云，包括李白。李白还写过一首诗，开篇曰："阮籍为太守，乘驴上东平。剖竹十日间，一朝风化清。"

这个掌故，说的是曹魏正元二年（255）春天，阮籍去孔子故里东平，上任东平相一职之事。

按照记载，阮籍乘驴到东平郡，不仅开始精简法令，还干了桩事："坏府舍屏障，使内外相望。" —— 下令把府衙的照壁拆了。

大刀阔斧了十来天后，阮籍就撤了。

阮籍的东平之行，不知怎么让后人以为东平就此步入了正轨。仿佛在名士手里，一切水到渠成。现实其实很骨感：阮籍在东平的日子并不好过，按他自己的说法，此地民风凉薄，感化不了；十几天，想要治理一地，也是想得有些多了。

阮籍在东平拆除照壁一事，被《晋书》明明白白记了下来。此事确也很有深意 —— 拆除照壁，使内外相闻，意思是此地官府对于民众，没有间隔，一切都是透明的，没什么可以遮掩。

〔三〕

有一件传世的宋本册页 ——《文姬归汉图册》，又叫《胡笳十八拍图册》，相传为南宋院画家李唐所画，共十八幅，画的是蔡文姬在战乱中被匈奴人掳去，多年后回到中原的轶事。

《文姬归汉图册》流传下来的还有一个明代摹本，未知摹本作者，也有说是仇英。

虽说是摹本，并不等同于今天的复制品。将两件册页摆在一起，就看得清清楚楚。单说第十八幅，也就是第十八拍中，蔡文姬回到家的那一幕。

宋本中，女眷们在院内廊下，围绕着掩面而泣的蔡文姬，负责护送的曹操的使臣们则在门外候着。蔡家有大事，少不得有街坊邻居，在角落好奇的好奇、做评论员的做评论员。至于门外台阶上那位使者，则把头偏向一侧，他若回身，究竟能不能看到宅子内？让人好奇 —— 门的位置恰巧被一株柳树遮了。

明摹本则更热闹：大门与内宅之间，明明白白多出了一道照壁，虽说挡住了外界的视线，终究是挡不住好奇心，几个女人躲在照壁后，探视着剧情发展，边上家丁模样的男人，在指指点点着什么。

在经济繁荣的明代中后期，照壁开始在民间大规模流行。

《文姬归汉图册》明代摹本中所隐藏的，不单单是明人对

036

汉代的想象，更反映了明代当时的社会经济。

照壁从宫殿、寺庙、官府，大踏步进入了住宅、园林，乃至再到后来，成为乡村院落的标配。

门外，门内；豪华的，雅致的。

规制则大同小异：大多分为上、中、下三部分，最下面的是基座，中间是壁芯，上部一如正式的房屋建筑，还有屋顶和椽头。

也不都是砖石的。

山西大同，朱元璋十三子朱桂的代王府前一道九龙壁，由五彩琉璃拼砌，高八米，长度达四十多米；明代襄阳王府前雕刻着九十九条龙的照壁，壁面用的是绿矾石，汉白玉镶边，后来李自成就是在此称王登的基，想来也是讽刺。

而在《长物志》里，明末生活家文震亨的"照壁"观，则是这样的：

　　得文木如豆瓣楠之类为之，华而复雅，不则竟用素染，或金漆亦可。青、紫及洒金描画，俱所最忌。

文震亨说的照壁，大致就是室内屏风了。

在傲娇如文震亨的概念里，室内的照壁顶好是木制的，"豆瓣楠"之类，高级又不张扬；上色时宜素色或金漆，不能五彩斑斓，俗。文震亨接下来又说了他以为的"室内照壁几大俗"，不赘述。

至于室外的木照壁，也是有的，比如紫禁城翊坤宫的木照壁。那照壁中间，还是开门的，把门关上，合着左右两扇的字，正好是"光明盛昌"。不过那"明"多了一横，"盛"却又少了一点，让人疑心是清代的文字狱之故；也有人说未必，不过书法中的惯常写法，众说纷纭。

无论如何，木照壁终究不如砖石琉璃这些，留下来的不多。木头在岁月中，随风来，随风去，"泥上偶然留指爪，鸿飞那复计东西"，想来也并无不妥。

[四]

在瑞典人喜仁龙（Osvald Siren）的叙述里，北京四合院照壁的模样是"进入门内迎面而立形似屏风的墙"，其作用，"据说是用以防阻直线行进的精灵"。

喜仁龙"防阻直线行进的精灵"的西式表述，实在也是让人忍俊不禁。说白了，就是防小鬼。在一种传说里，小鬼只走直线，不会转弯。所以，挡了！

20世纪20年代到50年代间来过中国很多回的艺术史家喜

仁龙所见的照壁，在北京城街头巷尾的四合院中，也在紫禁城里。当年他进紫禁城参观，"导游"是末代皇帝溥仪。

回到那个问题，为什么岐山的西周宫室建筑会出现这么一堵孤零零的墙？究其根源，喜仁龙的说法已经是那么个意思了——风水。

> 中原气候，形成坐北向南的传统，大门开在正中，显示它的贵族气派，唯有皇室才吃得消从正南面而来的气脉罡风。纵然如此，大门入口亦隐藏在一堵独立的墙壁后面，以阻挡作为开始……
>
> （赵广超《不只中国木建筑》）

说到底，就是个"气"字。

老子说，"道生一，一生二，二生三，三生万物"，生出万物的"道"，就是一团气。同如今走红的宇宙大爆炸理论异曲同工——138亿年前的宇宙，就是一团混沌的气一般的东西。

在门前置一道墙，既能保持气的通畅，又不会让气直冲入内，吹皱一池春水。这道理不乏神秘，其实也很贴心，很好理解：大门敞开，风依旧可以自由通过，却也成功保护了墙后世界的隐私。

因为那一层间隔，也就在后世衍生出了种种心理：距离、内敛、威慑、神秘。世间事，想来大多如此。

台阶：玉阶空伫立

自古文人爱"阶前"。

鲁迅在一篇文章里，描述文人的一大人生愿景：到秋天薄暮，吐半口血，两个侍儿扶着，恹恹地到阶前去看秋海棠。

必须是吐半口血，他强调。多了断断不行。一吐就是一碗，有几回好吐？这话颇符合他的一贯调调：刻薄、扎心、令人喷饭。

为什么是"阶前"？他没讲。延续上述逻辑，倒也不太难推测。虽然有两个侍儿搀扶，也必须是不近不远的距离。近了显得病情太重，远了又仿佛体力太好，引不起怜惜。必须病到刚刚好。于是在那秋海棠前，空虚寂寞冷，种种人生况味涌上心头，宜黯然，宜神伤。

也可能，还有一个原因，自古文人爱"阶前"。

〔一〕

台阶，再平淡不过的存在。走上走下，登高爬山，凡有高低落差，总不会少了它的存在。江南人习惯叫它"踏步档儿"，让这等耗费体力的事没来由多了一层轻快。殊不知"踏步"这称呼由来已久，宋代人称之"踏道"，清代人称之"踏跺"。千年来变化不大。

在汉代人的记载里，台阶至少可以追溯到上古黄帝时。黄帝即位后，广施仁德，但总要有上天的眷顾启示，才能表明自己乃天选之子。于是黄帝很期待凤凰多降临。一番斋戒后，"凤乃蔽日而至，黄帝降于东阶，西面再拜稽首"，凤凰果然来了，黄帝于是走下东阶，向西行跪拜大礼。

当然，这些与其说是证据，不如说是汉代人对上古华夏部落的合理想象。毕竟西汉距离黄帝时代已经两千多年。有一点倒是可以肯定：在西汉，台阶不单分东西，且尊卑有别，西为尊。

关于这一点，《礼记》里说得很详细。《礼记》记述的是先秦的礼制，可知这规矩的悠远：

> 主人入门而右，客入门而左，主人就东阶，客就西阶。
> 客若降等，则就主人之阶；主人固辞，然后客复就西阶。主

人与客让登，主人先登，客从之。拾级聚足，连步以上，上于东阶，则先右足；上于西阶，则先左足。

就这么一段话，足以给那些被穿越剧洗了脑的人们提个醒：回到古代这种事，不是那么容易的，单是上个台阶，一套程序，就能让人出一头汗。走东边还是西边，有讲究；谁先走第一步，有讲究；先迈哪条腿，还有讲究。

一级级台阶之上，分明闪耀着地位和身份。于是后世，那些似乎差不多含义的词，一叠加，竟衍生出了各种引申义来：阶+级 —— 阶级；阶+层 —— 阶层；阶+梯 —— 阶梯。

汉代的另一位文豪扬雄，也说到上古的情形。

扬雄在他的《逐贫赋》里刻画了一个穷鬼。那穷鬼终日

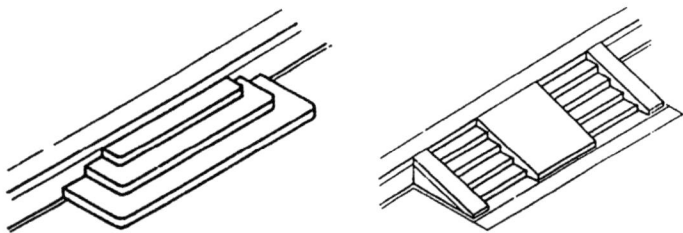

左：如意踏跺；右：御路踏跺（赵广超《不只中国木建筑》）

跟着扬雄，怎么都摆脱不了，忍无可忍的扬雄于是跟穷鬼讲道理。穷鬼答，您要我走，自然没问题；但有些话我得说说清楚："昔我乃祖，宣其明德，克佐帝尧，誓为典则。土阶茅茨，匪雕匪饰……"

"当年我先祖辅佐尧帝的时候……"穷鬼一出口，便非等闲。他从尧帝当年住着茅茨土阶说起，对比后世那些骄奢淫逸的失德君王，然后语气一凛："好好想想吧您！整天纠结穷不穷，境界呢境界呢！"说罢，"降阶下堂"。扬雄慌忙上前留住。

扬雄口吃。据说口吃是因为脑子转得太快。给自己的穷日子写篇赋，明志之余，也是"穷开心"。

赋里，扬雄对尧帝居所的记述，相当具体："茅茨土阶"——茅草顶屋子，泥巴土阶。传说尧"土阶三等"——尧用夯土筑宫室之坛，高三级台阶。按这个高度判断，基本也就是防防潮。可知尧是标准的节俭主义者。

不过那终究是个例。物换星移，风气总是要变的。战国、秦汉，"高台榭，美宫室"开始流行。秦始皇建阿房宫，现存台基的最大高度是12米；西汉未央宫，前殿的夯土台基超过15米——显然就不是防不防潮的问题了。按汉高祖刘邦的丞相萧何的说法，"天子以四海为家，非令壮丽无以重威"——彰显皇家的威严，才是第一要义。

而就高度而言，古籍记载中还有更厉害的。

春秋楚灵王 —— 就是好细腰的那个 —— 建造的章华台，台高十丈，换算成今天的高度，超过22米，相当于七层楼高。

至于吴王夫差在太湖边续建的姑苏台，若是真按记载所言，简直就是外星人的手笔了 —— 台高300丈。按今日的习惯，一级台阶的高度通常在15厘米左右，这条通往宫殿的路有多长，不妨算算。

［二］

汉高祖十年（公元前197），当刘太公被搀扶着走上未央宫前殿的台阶，他的内心活动用"百感交集"来形容，看来也是过于单薄了。身为庄稼人，刘太公也是见过些世面的，还曾经在楚汉对峙时沦为楚王项羽的阶下囚。

刘太公有些恍惚。"重轩三阶"，那台阶简直一眼望不到头，像是通往仙界。当年那个恨铁不成钢的老三刘邦，如今竟君临天下，听着群臣山呼："陛下！"

陛下？

古人称帝王为"王""皇""帝""圣"，都好理解，这"陛下"二字，究竟是什么来由？

《战国策》，荆轲刺秦的一节。荆轲捧着装有樊於期头颅的匣子，秦武阳捧着地图匣子，一起觐见嬴政，"至陛下，秦武阳色变振恐" —— 这里的"陛"，指的原来是台阶 —— 走到秦王的台阶下时，秦武阳忽然怂了，脸色大变。

东汉许慎在《说文》里也有注释："陛，升高阶也。"说白了，"陛"就是登高的台阶，专门用来指称皇帝的正殿台阶。

还是《战国策》。这回是嬴政的父亲子楚和祖父秦孝文王的一段对话。子楚说："陛下尝轫车于赵矣……" —— 陛下您曾在赵国停车（意思是在赵国做人质）……这里的陛下，显然就是对秦孝文王的称呼了。

所以战国时代，"陛下"一词究竟作何解，视情形而定。而到了秦始皇一统天下之后，"陛下"一词，就基本用来尊称皇帝了。

这转变究竟是怎么发生的，东汉的蔡邕做过解释：

> 陛下者，陛，阶也，所由升堂也。天子必有近臣执兵陈于陛侧，以戒不虞。谓之陛下者，群臣与天子言，不敢指斥天子，故呼在陛下者而告之，因卑达尊之意也。

天子身边，阶下自是一群戒备森严的近臣。大臣有事启奏，直接对天子说，是万万不可的。所以要拐弯抹角一下，以示尊敬：我先向您阶下的近臣奏禀，由他们转达给您。

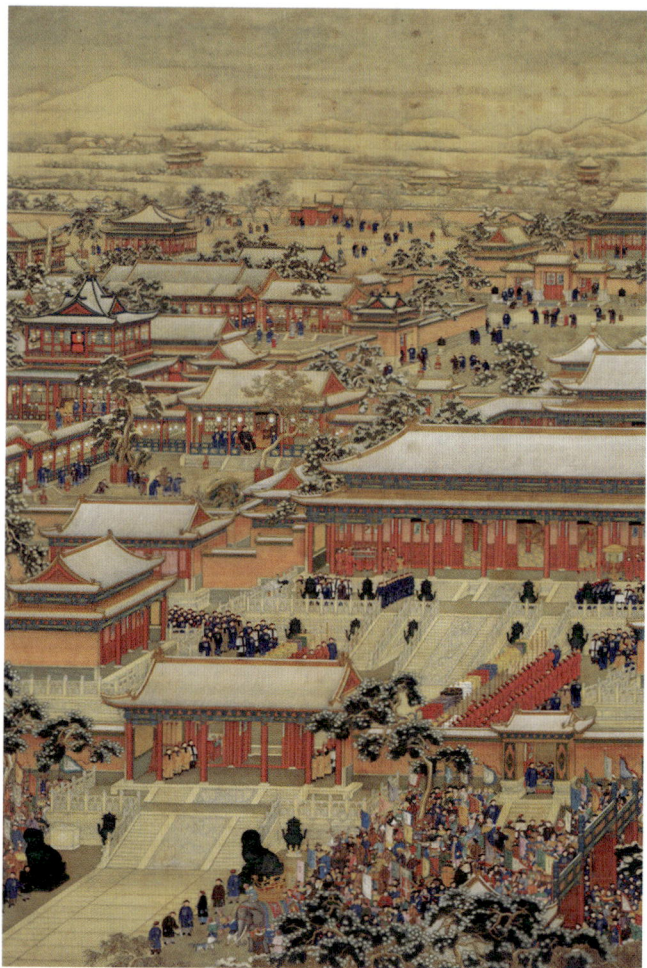

佚名《万国来朝图》局部

这礼数听着有点儿绕，其实也不难理解：同今人还在说的"阁下"，是一个道理。

大可不必抱怨礼数的复杂。能够走上这段台阶，亲口称一句"陛下"，曾是多少古人的人生理想啊！

〔三〕

自从南朝谢朓写下那首《玉阶怨·夕殿下珠帘》后，深宫中那女子的背影便开始清晰起来："夕殿下珠帘，流萤飞复息。长夜缝罗衣，思君此何极！" —— 萤火虫开始飞舞，又终于安静下来，而女子却是睡意全无，想着不知何时才会到来的"君"。

这情景，是不是觉着颇眼熟？

后来李白也写过《玉阶怨》。"玉阶怨"这个乐府古题，大多写的是宫怨 —— 后来唐代文人颇感兴趣的主题。在李白的想象中，女子在玉石阶上伫立良久。太久了。于是夜露一点一点渗入罗袜，"君"终究还是没来 —— "玉阶生白露，夜久侵罗袜。却下水晶帘，玲珑望秋月。"

杜牧则偏爱流萤的景象：姑娘在秋夜里手执轻罗小扇，扑着萤火虫，此时夜凉如水，寂寞涌上心头。 —— "银烛秋光冷画屏，轻罗小扇扑流萤。天阶夜色凉如水，卧看牵牛织女星。"

为什么说这些故事都发生在深宫中？只看"玉阶""天阶"就一目了然。只有宫里的台阶，才用得起汉白玉石这等贵重材料，才能被称为"玉阶""天阶"。

至于温庭筠词里，满腹心事的姑娘听着外面的冷雨，也可能是更漏声，一滴滴响彻长夜——"一叶叶，一声声，空阶滴到明"。虽说写的不一定是宫里，但无论如何，文人们心里，大抵是一样怀才不遇的寂寞。

北宋治平元年（1064）春，苏轼收到苏辙的来信。展开看了一忽儿，大笑。里面附着苏辙的一首诗——《种菜》。这年春天京城干旱，苏轼眼前浮现出苏辙看着菜们的表情：与其说是为蔫蔫的菜蔬伤怀，不如说是在心里闷声大喊"无聊啊无聊"。

苏轼于是提笔回信："新春阶下笋芽生，厨里霜虀倒旧罂。"——我这儿呢，台阶下春笋已经出来了，再到厨房里找点儿去年的咸菜，也是一碗。苏轼还在诗里向苏辙惆怅了一回时光飞逝："鬓间秋色两三茎"——我的鬓间也已经有几缕秋色了。这年苏轼二十八岁，苏辙二十三岁，一个在凤翔任职，一个在京城父亲身边，已经分别了近三年。对于"未尝一日相舍"的兄弟二人来说，这一次别离真是忧伤。

文徵明《拙政园三十一景图》之嘉实亭

　　且放下二人的兄弟情谊，只说苏轼的台阶。在他的笔下，台阶也亲切起来，少了几分悲切，多了几许欢快。在苏轼的描述里，阶前的四时简直就是一幕幕小电影：春天不单有笋芽冒尖，还有"樱桃烂熟滴阶红"；夏夜宜喝酒，"月地云阶漫一樽"，酒醒后出个神，"点滴空阶独自闻"；到了秋天，"满阶桐叶候虫吟"；至于冬天雪后，天地一片澄澈，那我便来留串脚印先，"阶前屐齿我先行"。

庙堂也好，江湖也罢，"苔痕上阶绿，草色入帘青"，阶庭中喝点小酒的日子，也是极好的。

墙：墙外行人，墙里佳人笑

一墙之隔，两个世界。

半人高的院墙恰好挡住了外界的视线，对于从院墙另一头仙人掌丛中探进来的单筒望远镜，则无能为力。不过，玛莲娜即便意识到有人偷窥，表情恐怕也不会有丝毫变化。她此刻接近于半躺，闭着眼，脖子靠在椅背上，后背凌空，臀部搭在椅面的边缘，和椅子形成了一种危险的平衡。如同她身后的矮墙，沙土色粗粝的石块相互堆叠，带着海风的咸味，大大小小，浑不在意是否严丝合缝。

在电影《西西里的美丽传说》的镜头中，风撩动玛莲娜的黑丝绸碎花短裙下摆，她纤细光洁的脚跟漫不经心地点着皮拖鞋，湿漉漉的波浪长发垂下。雷纳多心神荡漾，想象混合着洗发水和玛莲娜体味的水正从发尖滴到他的嘴里。夜晚，雷纳多轻车熟路地跃上玛莲娜家的院墙，趴在屋墙上，硬币大小的孔洞那一边，黑色蕾丝吊带裙包裹下的玛莲娜打开唱机，熄灭香烟，踢掉拖鞋，踮起脚尖，开始跳舞，怀里是丈夫的戎装照片。

一墙之隔，两个世界。

[一]

距离西西里岛一万公里以外、两千多年前的东方，一个叫仲子的小伙子似乎也经常翻墙去见他的姑娘。热恋中的姑娘陷入两难，一面心里记挂，一面叹息："将仲子分，无逾我墙，无折我树桑。" —— 仲子仲子，不要翻我家的墙了；不是为那些花花草草，人言可畏才让我心慌。

仲子听没听姑娘的话，不得而知，但他的名字和姑娘家那道院墙，却是永远地留在了《诗经》里。故事发生在春秋的郑国，中原腹地，我们想象那道院墙的模样：没准是篱笆墙，或者夯土墙；不高，里面是姑娘亲手种下的绿桑。

石头墙并非没有，但多在山地。中原多土，就地取材，所以中国古代的墙，主流材料是土木。

这一点，"墙"在甲骨文中的样子也可以表明一二 ——

右边一个"墙"（啬，sè），上面是谷子，下面是仓廪，意思明确：把谷子藏在仓库里。左边一个"爿"（爿，pán）——这个字，如今在浙江方言里依然常见，意思是劈成片的竹子、木头。小时候闯下祸来，被父母用竹爿、木爿打手心打屁股的惨状，是很多人的共同记忆。

由此可见，上古先民的谷仓，可能就是用竹木这些手边的材料围成的。同有巢氏"构木为巢室"一拍即合。

也有推测说，这个"爿"字，同中国古代的版筑技术有关。这是一种在新石器时代就已经出现的筑墙技术，中原多土，就地取材是第一要义。粗略地说，版筑就是搭起木框架，填土夯实。木框架一拆，便是一块大型的土"砖"，一块连一块筑至需要的长度，接着再一层层筑上去，到达所需高度，便是一道夯土墙。

所以后来汉字里的"墙"，以及它的诸多同义词，"垣""墉""堵""壁"，偏旁都变成了"土"。

〔二〕

中国历史上最著名的夯土工匠，名叫傅说。

傅说其实不姓傅，名说（yuè），不知姓氏，只知道在傅岩筑城，也便叫了傅说。傅说是个奴隶，也有人说是因为穷，索性把自己卖了，戴着锁链，在傅岩筑城以求自活。

然而这个夯土的奴隶，最后位列三公，辅佐商王武丁，开启了"武丁中兴"，成为中国历史上最早的圣人。这也正是孟子"生于忧患，死于安乐"里排比的那些出身微贱的大人物之一——"傅说举于版筑之间"。

不过历史并非都是励志故事。

北宋《太平御览》有一桩记录就充满了血腥：

> 赫连勃勃以叱干阿利领将作大匠，乃蒸土筑城。以锥刺入，锥入一寸，即杀作者；不入，即杀行锥者。

南北朝时，大夏国君赫连勃勃营建都城，将作大匠（掌管宫室修建的官员）是他的得力干将叱干阿利。叱干阿利用"蒸土"之法筑城，检验方法是用枪锥刺墙体——刺进去一寸，杀筑此墙的工匠；刺不进去，则杀"行锥者"，大约是负责刺墙的兵士。

其中惨烈，可想而知。

抛开叱干阿利的行事，来看这座白色的赫连城。几百年后的北宋，沈括去实地考察后，是这么说的：城墙"紧密如石，刷之皆火出"——砍一下就能蹦出火星来，这就是刀枪不入了。

一千五百多年过去，这座城垣仍兀立西域。

南北朝时，糯米灰浆的技术已经成熟。这种把香甜黏软的糯米米浆同熟石灰、石灰岩混合所得到的材料，堪称超级黏合剂，无论强度和防水性，都不在话下；不过成本高昂，南北朝时仅被应用在贵族陵墓中，直到唐宋，也只在重大建筑中使用。不过赫连城的"蒸土"之法，又是另一回事了。

在今日专家们的种种猜测中，有说是先对土进行日晒，去其碱性；有说是施工时用热水和土；也有从考古发掘出发，认为是在土中加入生石灰等物质；又有人认为，就是字面意思，把生土用土窑或釜甑烧制成熟土。

究竟如何，终究不得而知。但今日的种种猜测，当年工匠们大约都曾尝试过，且远不止于此。几千年来，建筑匠人在夯土的技术革新上也是操碎了心。

无怪乎后来李渔在《闲情偶寄》里说：

国之宜固者城池，城池固而国始固；家之宜坚者墙壁，墙壁坚而家始坚。其实为人即是为己，人能以治墙壁之一念治其身心，则无往而不利矣。

—— 外围坚固，则家国稳固。做人也是一个道理。

至于砖墙，那是后来的事了。

北宋，只有重要城市的城墙，才会用砖石在夯土外包裹一层；即便在制砖业发达的明代，明长城的骨子里，也还是一颗夯土心。

[三]

公元前221年，秦并天下。大将蒙恬率军三十万北击匈奴，"却匈奴七百余里"，随后开始着手将原燕、赵、秦三国的长城连为一体，而成为西起陇西、东至辽东的秦万里长城。从周幽王用来戏诸侯以博美人一笑的烽火台，到春秋战国各侯国的长城，再到汉长城、明长城，这道长垣一直是硬汉表情：保卫墙内的人，抵御墙外的世界。

一言以蔽之 —— 围合。

不过，以墙的无所不在，功能如此单一，未免不甘心。

就在秦并天下几年后，秦始皇焚书，并颁布《挟书律》：

"敢有挟书者族。" —— 民间敢有私藏《诗经》《尚书》及诸子百家著作者，诛族。

墙在此非常时刻，开启了一个非常功能 —— 藏宝。

孔门弟子后裔伏生，冒死将《尚书》砌在土墙里。秦末兵乱，伏生流亡，直到西汉立国近十年后，汉惠帝四年（前191），《挟书律》才废除。风头过去，伏生取出藏书，但只存二十八篇，就以这残存的《尚书》在齐鲁间教学。因这流行的二十八篇是用汉代的隶书进行誊抄的，故被称为"今文尚书"。

又几十年后，西汉景帝末年，鲁恭王为扩建王府，拆了孔子故宅，竟又从墙里得了一部《尚书》 —— 或许是孔家后裔也如法炮制。这部竹简因用战国古文字写成，于是被称为"古文尚书"。由此引发的真伪之辩按下不表，只说这《尚书》，也真是跟墙交情匪浅。

又或是题壁。

唐宋文人对题壁的狂热，大概是对天性里涂鸦欲望的满足。夯土墙刷白，就是一张可以肆意挥洒才情的宣纸。

李白"平林漠漠烟如织，寒山一带伤心碧"，写在鼎州沧水驿楼；苏轼"横看成岭侧成峰"，题在西林寺壁；还有林升那句著名的嘲讽，"山外青山楼外楼，西湖歌舞几时休"，直接就题在南宋都城临安的驿馆壁上。

刘松年《西园雅集图》之"题壁"

杜堇《古贤诗意图》之"韩愈《桃源图》"

怀素酒劲上来，"起来向壁不停手，一行数字大如斗"，一通狂草，通体舒畅；贺知章与张旭"游于人间，凡见人家厅馆好墙壁及屏障，忽忘机兴发，落笔数行，如虫豸飞走"——是堵墙就不放过，简直就是手痒难耐。

不过有位唐代的高僧玄览，对此则深感厌恶。当时寺里斋房壁上有张璪画的古松，一旁有符载的赞、卫象的题诗，堪称三绝。按理，当成为"打卡"宝地，玄览却默不作声把墙涂白，抛下一句：没事不要污染我的墙壁。

多年后李渔点评：高僧所言，有点过了。不过话说回来，今日的斋墙，题得有如闹市，只差一句"某某到此一游"。这等斋墙，得用玄览的药治治。

〔四〕

李渔生活在讲究的年代，所以"界墙者……莫妙于乱石垒成，不限大小方圆之定格，垒之者人工，而石则造物生成之本质也"——界墙得有界墙的样子，最妙不过乱石堆垒，大大小小，显得自然天成；"厅壁不宜太素，亦忌太华。名人尺幅自不可少，但须浓淡得宜，错综有致"——厅壁得有厅壁的样子，不宜太素，也不宜太华丽，名人字画点缀，要恰恰好。这是李渔的情趣。

至于园林，造园家计成在《园冶》里的记录，则是明代高级园林的风尚：

带刺植物做成篱笆，自带山林风，比花丛做屏障胜上一筹；乱石墙宜置假山边，是另一种天然野趣；漏砖墙款式繁多，墙里的人能看到墙外的风景，墙外的人却窥不透墙内的情形，若隐若现，若即若离；而一堵白粉墙的自我修养，一是被涂上白蜡，再打磨抛光，或是用江湖水中的黄沙并少许上好的石灰涂底，再加少许石灰涂表，用麻帚轻轻扫刷 —— 这样，才能得到一面光滑白皙、易于打理、无声胜有声的白粉墙。

这么说着说着，耳边似乎又传来宋代的笑声："墙里秋千墙外道，墙外行人，墙里佳人笑。"

瓦：
瓦上听风

有瓦遮头，是中国人
最素朴的生活理想。

唐宣宗大中十年（856）的春天。李商隐在回长安的路
上，偶然经过那座道观。

眉头一动。

道观还是记忆中的模样。一场春雨软绵绵地落在屋顶，
又顺着瓦的走势，汇向屋檐。瓦当起初还想奋力抵挡，终于没
能成功，只能任凭雨水滴答而下，滴到檐下的苔藓上。苔藓绿
得娇嫩。或许太娇嫩了。

往事重上心头。

那个晚上，李商隐在梦里重回二十年前。那年他只二十
出头，年华正盛。也是回长安的路上，途经此地，一个女子的
背影闯入了他的视线。那被宽大道袍笼罩的背影，在旁人看来

是孤清的，他却分明看到了热烈。

梦醒时分，日光已经依稀照进窗子。他愣了半晌，起身，到书桌旁写下："一春梦雨常飘瓦，尽日灵风不满旗。"

[一]

很少有建筑构件像屋瓦这样，性子淡定、风格多变的。

感伤派李商隐在唐时的檐下听雨。

另一个时空，宋人叶采的家中，麻雀在瓦上听风。听得烦了，飞下来，由着性子到叶采的书桌上逛逛，一并落下来的还有点点杨花。叶采倒也不计较，光景正好，闲坐小窗读《周易》，不知春去几多时。

至于我等寻常人，则总是莫名由"瓦"联想到江湖人士。

不说上房揭瓦偷窥的老套路，只说高手们没事跑到屋顶上，就知道要放大招了。屋顶空气好，光线足（就算晚上也必定月明星稀），这般从容光景下，更显得自己轻功了得——在响瓦上，不仅如履平地，竟还能打得悄无声息。少不得也有青春桥段，比如《邪不压正》里彭于晏在瓦片上的各种镜头，裸奔，竟还能骑自行车溜达。

还有杜甫杜拾遗经历的那一幕。当时他正逃难到成都不久。"安史之乱"尚未平息，但总算在成都西郊盖起一间茅屋。所谓秋风秋雨愁煞人，一阵秋风，卷走了杜先生屋上的茅草，于是杜先生奋力追赶。窘迫到极点，雄浑阔大的志向顿生："安得广厦千万间，大庇天下寒士俱欢颜，风雨不动安如山！" —— 若能真有这么一天，我老杜就算一辈子住着破茅草屋子，也心甘情愿了。

杜先生心目中，给天下寒士住的房子，当然不能是茅草覆顶，必须是由一片片的青瓦，一仰一合，一列列严谨排布，遮住的家园。 —— 如此，方能"风雨不动安如山"。

有瓦遮头，是中国人最素朴的生活理想。

[二]

说来，瓦也的确有些故事。

它的历史可以上溯到三千年前的西周。

差不多公元前1600年，中国历史上发生了一桩改朝换代的事件 —— 商汤灭夏。

一个大国的诞生？并不算。商代建国时，不过一个游牧部落，按照《考工记》的记载推测，开国君主成汤住的宫殿，还是"茅茨" —— 茅草顶屋子。

而穿过商朝，到达下一个朝代——西周，已是宫殿建筑，鸟枪换炮了。

告别游牧，开始一地的经营，建筑于是显出了它的意义。陕西八百里秦川腹地的西周遗址出土可以做个证：此时，瓦的组合已经被钻研得很完美。板瓦、筒瓦各司其职，圆润的瓦当则妥妥地给屋顶画上了一个休止符。

制瓦人先做一个圆筒空心陶坯，剖开坯筒，入窑烧造。四剖或六剖的是板瓦，对剖的是筒瓦；瓦当则是把一端封闭的筒瓦。

从茅草顶进阶到瓦顶，防水性上的飞跃不消说，也把建筑领进了新世界的大门。

板瓦弧度平缓，列队仰望天空，劝导雨水的流径——走吧，走吧，你总要学着自己长大；半圆的筒瓦俯身，理性地护住板瓦与板瓦间的缝隙。

它们又保持着各自的独立性，倘一片瓦不幸破碎，依依惜别之后，新瓦补上，一切如故。

篆文中的"瓦"字，正是这般组合，一凹，一凸，浑然天成的默契。乃至因这一俯一仰，矫情的文人给取了个诗意的名字——青鸳瓦。陆游在诗里说"明朝日暖君须记，更看青鸳玉半沟"，"青鸳"确凿说的不是鸳鸯，是瓦。

至于点睛的半圆瓦当，则在最前端，作为屋檐的收口。

半圆瓦当一面护住建筑的木椽头不受雨雪侵蚀，一面展示一国的审美 —— 从战国起，诸国就开始在瓦当上大做文章。燕国流行饕餮纹瓦当，饕餮是古代一种凶猛的怪兽，燕国虽则弱小，心看来很大，公元前284年，齐国竟险些被燕国灭了；而齐国瓦当的典型纹样是树木纹，典型的大国风范，寥寥几笔弧线，分分钟碾压今日的极简主义。

到了秦，秦始皇陵寝殿遗址出土的"瓦当王"，正面是线条雄强的葵纹，有如四射的光芒，正是秦帝国霸气的审美。近半米的瓦当面高度 —— 可以由此想象，当年被项羽一把火烧掉的阿房宫，会是何等规模。

秦国运不济，接力棒于是传到汉的手中，瓦当的黄金年代到来。

"秦砖汉瓦"当然并非特指秦代的砖、汉代的瓦。但无论如何，汉代的确是瓦的巅峰时刻。汉家宫阙的奢华，如今只

能从种种记载中窥看，比如李白感叹的"西风残照，汉家陵阙"；唐人不称自己为"大唐"，而自称"大汉"；西汉未央宫的面积达5平方公里，而威名赫赫的唐代大明宫仅3.2平方公里；还有最细微的物证，比如瓦当。

汉代，不仅图像瓦当丰富至极，将前朝的图像之美一网打尽，还华丽丽地创造了"字当"——用文字作装饰的瓦当。

叙事类的，如"汉并天下""单于和亲"，一手大棒，一手胡萝卜，是西汉的外交。

更多的当然还是愿景类，"长生无极""千秋万岁""长乐未央""长生未央"。

为什么是"未央"？西汉帝国的宫殿为什么命名"未央宫"？一个"央"字，里面是中正的东方哲学，有如围棋盘上的中心点——天元，至高点。"未央"，就是一直未到至高点，寄望帝国一直走在上坡路上。

只能是愿景。

［三］

公元550年，南北朝。

这年，丞相高洋迫使东魏孝静帝元善见禅位。高洋于是登基称帝，改国号为齐，史称北齐。

孝静帝被毒死，同时被杀的还有儿子和其他直系亲属。不久，文宣帝高洋打算斩草除根，前皇室的远房宗族，也须铲除。

此时，两名元氏的远房登场。元景皓，元景安。

元景安对此惶惶，提议，不如请求高洋，准自己改姓高。

堂兄元景皓怒：弃祖宗，改他姓，成何体统！大丈夫宁为玉碎，不为瓦全！

结局没有丝毫戏剧性：元景安将堂兄的话密告高洋，被赐姓高；元景皓被诛。

元氏兄弟的恩恩怨怨已成过眼烟云，那句慷慨的"大丈夫宁为玉碎，不为瓦全"却留下了。最无辜的是瓦，无端端背了个锅，时刻被提醒：这么苟全，有意思么？

当然，这里的"瓦"，也可能泛指各种陶器，并非单指屋瓦。

无论如何，有一点已铁板钉钉：在人的心目中，瓦的地位不免卑贱。

另一个证据是婴儿的诞生 —— 生男孩儿，叫"弄璋"；生女孩儿，叫"弄瓦"。"璋"，一看偏旁（王字旁，就是玉字旁）就知道是块宝玉；"瓦"，有说是陶土器，还有更细致的考证说是陶纺锤。总之一璋一瓦，够两极。

但毕竟，瓦身为建筑的外衣，等级彰显是桩大事。于是，古代匠人也是拼了。

比如高级货琉璃瓦的诞生。

琉璃瓦是舶来品，汉代传入中国之初，不过是建筑的装饰点缀，到了北魏，开始用在屋顶。再过几百年，晚唐，著名才子皮日休在考中进士后，离开长安到苏州，对吴地的富庶表示震惊："全吴缥瓦十万户……" —— 缥瓦，说的就是淡青色的琉璃瓦。

青灰色是标准的江浙审美，今人更熟悉的，还是皇家宫殿上，五光十色的琉璃瓦。陶土胎经过高温烧制，表面刷上铅釉，再经低温烧制，灰扑扑的瓦便附着上了华彩。秋天的故宫，如果走运，偏巧遇见秋高气爽，宫殿上闪着皇家光泽的绿、蓝、黄等颜色的琉璃瓦们，同天色融为一体，妙极。

对华丽和阔气的挑战还没有结束。

《新唐书·南蛮传》有一段记载，说某南方小国的宫殿"厨复银瓦，爨香木，堂饰明珠" —— 厨房银瓦覆顶，屋子里焚着熏香，至于明珠，不仅是摆设，多半是用来照明的。

这种排场，怕也不是虚妄。当年南唐国破，后主李煜的小周后被宋大将虏获，一入夜，小周后在油灯下便紧闭双眼；撤去油灯，点上蜡烛，小周后依旧闭目，说，烟气更重。宋将大奇：那你以前晚上都是怎么过的？小周后满心委屈：当初我的宫里，一到晚上，就悬挂夜明珠，光照一室，如同白昼。

还有金瓦。

清宫内的雨华阁，宫内供奉佛像诸殿阁之一，最上层顶覆的瓦，虽说不至于纯金，也是在铜瓦外包了金叶子。可以想象当年阳光下，那一种金气逼人。

默默心疼一回檐下的梁枋廊柱斗拱，要承受多大的压力。

而将瓦的意义上升到新高度的，还有韩国。

韩国今日的总统府，青瓦台，因十五万片青瓦覆盖屋顶而得名，原是高丽王朝的离宫。无论经历过怎样的光华，青黛色的屋瓦，终究是承袭自中华的最东方的审美。

〔四〕

公元1127年，宋钦宗靖康二年。

汴京繁华瞬间灰飞烟灭。

金军直捣汴京后，掳走徽钦二帝、妃嫔子嗣宗室三千，宗庙被毁，举国南迁。

中间凄凉，在文人孟元老笔下，化成了一场梦境。梦里依旧是那个歌舞升平的汴梁城：

> 大抵诸酒肆瓦市，不以风雨寒暑，白昼通夜，骈阗如此。
>
> （《东京梦华录》）

这种日子不久重现。虽说"偏安"，帝国的经济文化终究继续往前迈进，于是一百多年后，杭州人吴自牧又开始叙述南宋都城的繁华：

> 其杭之瓦舍，城内外合计有十七处……　　（《梦粱录》）

《东京梦华录》里的"瓦市"，《梦粱录》里的"瓦舍"，还有"瓦子""瓦肆"种种，不仅是两宋的大型娱乐场所，也是各地商品的聚集地。其实唐宋以前一直实行严格的宵禁，至于商品贸易，只能局限在商业区中，花木兰"东市买骏马，西市买鞍鞯，南市买辔头，北市买长鞭"，"市"便是指特定区域。即便到了大唐，坊（住宅区）、市（商业区）仍被严格区分。而在宋代，市民生活无异于今日：风雨不论，寒暑不论，通宵达旦——遑论皇室贵胄？

至于为什么叫瓦舍，有一种意见，觉得瓦舍的形状，可能类似瓦的形状，四面方，中间隆起的是剧场；另一种意见觉得，瓦舍起初大约是简易瓦房的意思，在这种简易瓦房下，百戏杂陈，百行云集；南宋人吴自牧则推测说，大概意思是"来时瓦合，去时瓦解，易聚易散"。

无论怎样，"瓦舍"大约是"瓦"字衍生出的最活色生香的称谓了。

〔五〕

至于瓦自己的世界，终究还是清净的。

那是个初冬的早上，陆游推开门，空气冷冽。屋上瓦被覆上了一层薄霜，清浅的霜色似乎给青黛色的瓦笼上了一层雾气。再过一会儿，太阳出来，它们就消散了。陆游想起唐人张籍的那句"愿为石中泉，不为瓦上霜"，笑笑。陆游已经七十多岁了，混过官场，投笔从过戎，热血过，悲情过，但如今时常想起的，却是人生中的那些小确幸。在写下"绝爱初冬万瓦霜"时，他边上有孙辈陪伴，"一窗相对弄朱黄"。挺好。

况且，瓦上霜易逝，瓦却屹然不动，守护着家园。

砖：
宋
人
与
砖

> "谁能伴我田间饮，醉
> 倒惟有支头砖。"
> ——苏轼

　　砖在南人眼里，总是冷美人模样。青砖呈人字铺排在小巷中，或是在古典园林中砌起一堵带着镂空花窗的墙，宜在此落单，宜想心事，想象与天地精神往来。

　　而在北人眼里，砖砌成的是气派。北京的城墙是青砖砌的，故宫铺地用的是青砖，四合院用的是青砖，还有万里长城 —— 一句话，青砖堆起了帝国的中心。

　　至于砖自己，倒是无可无不可。一千个人眼里有一千种砖。砖，既能为醉后的苏东坡当回枕头，也大可以被随手抄起一块当作武器。

　　有一桩集体性拍砖事件，很值得一说：南宋建炎三年（1129），宋军和金军在楚州（淮阴）大战。这一年，距离北宋汴梁城破、徽钦二宗被金人掳去不过两年，南宋朝廷还在继续被金军追着打。楚州这一仗，宋军拼了，"士卒有失仗者，拔砌阶砖相击。岳庙前街三里许，皆拔尽"（《二十五别史》15）——武器打没了，抄起铺街的砖就砸过去；一场战役下来，三里长的街道，铺地的砖被拔了个干净。

这场城市保卫战，宋军完胜。

这也是砖在各种非正式用途中，干得最漂亮的一回。

也必须指出，这场对决，亏得有淮阴城的繁华和市政建设打底——有砖铺道路，才让宋军有砖可拍。须知，在宋代，砖基本还属于朝廷的工程建筑材料，高级货。

[一]

成都可以佐证。

南宋淳熙二年（1175）夏天，诗人范成大抵达成都，他的另一层身份是新任四川制置使兼成都知府。

正是蜀地的雨季。成都的雨季，大抵是这般景象：行人有乘着泥橇（古人在泥上的交通工具，不妨想象一下雪橇）的，有深一脚浅一脚步行的；马也很恼火地嘶叫着，蹄子总是陷在泥里拔不出来，车夫还在后面不停吆喝。范成大这些年在西南地区辗转，这等情形见得不少。一到雨季，一片泥泞，他每次出门都要做一番激烈的思想斗争。

但竟在城里看到了几条砖石铺就的路。

原来是他的前N任张焘的手笔。南宋初年，川蜀各地都开始以砖石铺设道路，"如江浙间"。这些砖石路修于1143年，距离建炎三年（1129）宋军抄起铺街砖同金军玩命的"楚州之战"，已经过去了十余年。以蜀地富庶，在城市建设上，同江浙的差距也终究有点儿大。

范成大是苏州人，四十岁前一直生活在苏杭。苏州的街道，几十年前就已是现代化的砖石铺路了，不必说城里，就是近郊的偏僻小路，以砖石铺就的也不在少数。那些在路边买个馒头要细细剥去外皮再吃，或者车前几个仆人列队拿着水罐子，先洒水，再让车子通过，免叫车上人吃一嘴土的场面，在苏州，不存在的。京城杭州更不待言。

不久，一项大工程开始在成都铺开：官府出资，继续修路。

范成大行事高效（否则几年后如何能做到宰相？），没多久，一千万钱，一百余万块青砖，陆续筑成十四条砖石街。三千多丈，折算一下，差不多十公里。

成都人欢喜得不行：鸟枪换炮，要得！

范成大也摸着胡子表示满意：

新街如拭过鸣驺，芍药醲醾竞满头。

十里珠帘都卷上，少城风物似扬州。

〔二〕

但砖不是早在一千多年前的秦汉就已扬名，所谓"秦砖汉瓦"？

的确。

砖在中国的历史，可以上溯到五千年前的仰韶文化。到战国时，砖的段位已经非同凡响，尤其在秦国。再到后来的秦帝国。

秦砖青灰色，密度大，质地坚硬，还有巨型的空心砖，用于铺设宫殿地面，修驰道，霸气外露。模印在砖上的纹样，除了龙纹、凤纹，还有太阳纹、方格纹和复杂的游猎宴会场景。让人想到西汉取代秦后，刘邦站在未央宫前，助他取得天下的丞相萧何说的那句话："夫天子以四海为家，非壮丽无以重威。" —— 一脉相承的气势。

阿房宫遗址上还出土过一块秦砖，小篆模刻着"海内皆臣，岁登成熟，道毋饥人，践此万岁" —— 帝国千秋万代，

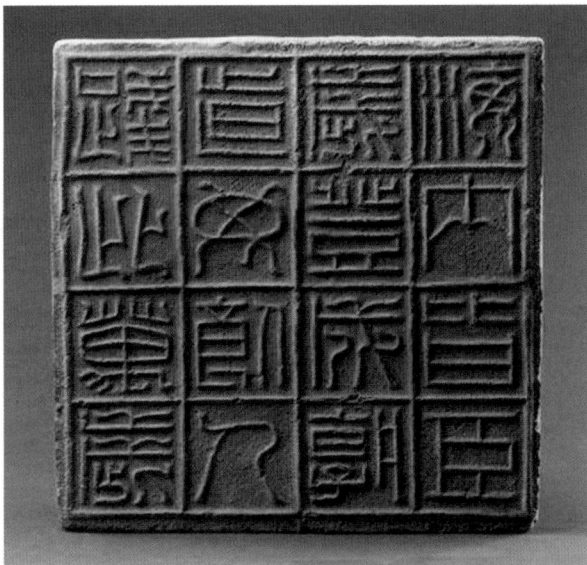

刻字的秦砖

海内臣服，岁岁丰收，人民吃饱。无论后来的现实怎么骨感，砖上承载的帝国愿景，总是美好的。

按秦制，军事、建筑材料，是必须"物勒工名"的。这种春秋时期就已出现的制度，说的是制造者必须把相关个人信息刻在产品上，以便质量监控。"物勒工名"的启示是，与其高呼工匠精神，不如制度保驾，一面对付豆腐渣工程，一面也在催生名牌。

这种皇家规定，一直延续下来。

明成祖朱棣迁都北京，在紫禁城建造宫殿时，又到了砖的亮相时刻。最终入选的苏州等五府烧造的细砖，墨黑，光泽暗沉；细密，敲击有金石声。据说这种两尺见方的铺地砖，制作工序耗时两百多天；发展到清代，竟需要两年，且一批砖中若有六块达不到"敲之有声，断之无孔"的级别，则整批作废。又据说，当空气湿度比较大，砖内部肉眼不可见的细微小孔会吸附多余的水汽；当空气干燥，贮存在里面的水分则会被释放出来。

所谓奢华，不仅仅是表面功夫。

价格自然匹配。于是，虽黝黑，照样被称为"金砖"。

这就得提一桩被误会了很多年的事 —— 秦长城。

作为当年秦帝国最著名的产品之一，秦长城并不是用秦砖砌成的 —— 成本太高。

第一时间在今人脑海中闪过的砖砌长城，其实是明长城。明代，制砖业大飞越，砖砌长城才成为可能。

而秦长城则大抵是夯土建筑，也有一些是就地开凿石材垒成。

汉代倒是开始有了砖城墙，考古学家孙机在《中国古代物质文化》里提到，西汉，制砖业有突破，条砖有了主流标准：长、宽、厚比例接近4：2：1。这种条砖比例非常便于组合搭接，于是生产规模迅速扩大。尽管如此，直到唐代，都城长安依旧是一座夯土城，即便给后世留下无尽想象的大明宫也一样，只在城门墩台和城角用砖包了包。东都洛阳的宫城和皇城倒是内外全用砖包了，地位显要，一望而知。

〔三〕

李清照的丈夫、金石学家赵明诚，那日大概是得了一块西汉成帝阳朔年间（前24—前21）的砖——也或许是拓片。他在《金石录》里记下上面模刻着的文字："尉府灵璧，阳朔四年正朔始造设，已所行。"又记下：此砖的字画奇古，西汉文字罕见，这一件竟然如此完好，可喜可喜；但"尉府灵璧""已所行"云云，不知道是在说什么。

赵明诚说的这块"字画奇古"的西汉砖，多半是墓砖。

古人一向"事死如生"，活着有多奢华，死后也当继续。只不过在地下的世界，需要更强有力的保护，于是木结构代之以砖石。到两汉，发展到登峰造极。

因此作为墓室装饰的两汉画像砖，也是巅峰状态。

画像砖上的纹饰，简直如同情节丰富的微小说——

享乐主义者炫耀着醉生梦死的生活，宾客们在席上，举着杯子，伶人们表演着杂耍，远处，厨子仆人忙忙碌碌，看样子宴席将铺排很久；

农人在田里的耕作场面，与其叹声"辛苦"，不如对他们说，你们很带劲呀；

狩猎场面，那虎瞪大眼睛扑来，凶猛得紧，马上的猎人却是气定神闲，搭弓射箭，回身射虎；

还有威武优雅的出游场面，那马车，马的健硕程度，让人相信霍去病十七岁初次征战西域，即率八百骁骑深入敌境数百里，大破匈奴兵的可能。

〔四〕

虽然砖在地下的建筑世界已经发展得如此成熟，但在地面的向上发展，却是异常缓慢。

北宋的一部著名的建筑书《营造法式》中，详细叙述了砖在建筑领域的应用：基本还是用在高规格建筑的地面、台基、台阶等铺设上。不过，也开始应用于建筑墙体。砖砌的高度，差不多在墙高的三分之一处，上面依旧用土坯筑墙。

元代进一步发展，有了全部用砖砌墙的房屋。到了明代，随着制砖业的巨大飞跃，各地建筑都普遍开始用砖砌墙。《水浒传》里有一幕，说燕青和李逵在东京城闲逛，撞见一泼皮随手抄起砖砸债主家屋子。与其说砖在当时（《水浒传》的故事背景是北宋末年）是信手拈来之物，不如说，这一情节更可能是作者施耐庵亲身经历的，元、明时期的生活日常。《水浒传》的成书，是在元末明初。

于是在北方，砌成了北京的城墙，铺满了紫禁城的地，砌成了北京的四合院——一句话，砌起了帝国中心的气派。

而在南方，砖砌起了徽派建筑，砌起了苏州园林中那堵带着镂空花窗的墙，砌起了戴望舒的雨巷——丁香一样的姑娘撑着油纸伞走过青砖墁地的小弄堂。

〔五〕

回到北宋元丰四年（1081）二月，苏轼因为乌台诗案被流放到黄州后的第二个新年。大雪中，他在东坡的新居落成，取名"雪堂"。屋顶是他亲手割茅草做的。竹木篱壁，敷上泥，就是四壁。

苏学士是标准的月光族，官做了二十多年，积蓄也只够勉强维持一家人一年的生计，东坡这块地，还是朋友帮忙争取来的，军队的旧营地。

就此开启了农夫生涯。耕作罢，在田畈旁的树荫下喝两杯，睡个下午觉，天光正好。苏学士事后随手记下一笔："谁能伴我田间饮，醉倒惟有支头砖。"

"支头砖"多半是从前军营的残迹。但对这有酒喝、醉了有砖支头的日子，四川人苏轼表示：安逸！

十五年后的绍圣三年（1096）五月，他在惠州给表兄 —— 广南东路的提刑官程正辅写信。

信中内容，是关于惠州驻军的营房紧缺问题。戍边的宁远军竟然需要在外租房，导致军纪松弛，乃至扰民事件频发，苏轼忧心忡忡：盖营房势在必行。但要建三百间营房，工程费不是小数。他仔细考虑过了：可以组织驻军自行伐木，自行烧制砖瓦，自行去采茅草解决砖瓦烧制的燃料问题。原材料有了，剩下的工费，应该好解决。信末又说，如果可行，切切要派精干官吏前来，督办此事。

不过寻常公务？

然而苏轼此时，是在又一次被流放中。这是他被流放到岭南的第三年，政敌仍在虎视眈眈。不久，他还将被贬到不能再远的海南。苏轼在信末一再叮嘱程正辅，阅后即焚。他也知道，以他目前的处境，太不适合多管这种棘手的闲事。

但又终究改不了自己的性子。

门内门外

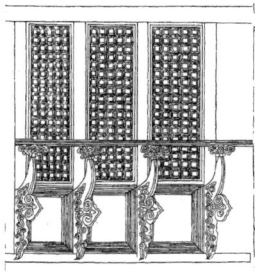

门：
门内门外

所有建筑构件里，大概没有哪一个像门这样意味深长的。

韩国导演金基德的《春夏秋冬又一春》开场，老和尚推开门，冲着小和尚说，醒醒。小和尚揉揉惺忪的眼睛，起身，穿上僧袍，出门，回身，掩上门。一整套动作下来行云流水。只银幕前的看客看得一脸懵：那道门，真就是"一道门"，没有墙，只门框和门扇兀自立在地面，让人疑心它存在的理由。

俗话说，物物成双。这道门并非电影里的独孤求败。

起床后，老和尚划着船，载着小和尚，悠悠地从湖心的寺院划到山门边，停下。小和尚奋力推山门，老和尚在后面，伸手帮忙，那道山门正是同款。山门淡定地立在水中，边上一棵同在水里的老树做伴，门上有金刚护法。

对于老和尚和小和尚来说，有墙没墙都一样。门就是进出的必经通道。

直到有一天，寺里来了养病的女孩子，小和尚也已经长成了少年。戒，自然是破了。破戒之前，小和尚绕过了门。后来，他离开寺院，去了滚滚红尘，归来已不是少年。

故事还在继续，门照旧是原来的模样，不动声色。

这样的表达，也是很"金基德"了。虽说把"门"单独抽离出来成为一个形象也不是绝无仅有，比如凯旋门，又比如中式建筑里的牌坊，但毕竟不常见。不过再一想，这样的表达倒也不难理解——一来，佛门有云，"心门"，并且佛教传来中国之前几百年，孔子就说过"从心所欲不逾矩"，早早地就把事儿说透了：自在行事，但不可坏了规矩；二来，在中国，上下五千年里，门一直都带着厚厚的一层象征意味。

〔一〕

所有建筑构件里，大概没有哪一个像门这样意味深长的。

隋大业元年，也就是公元605年，三十七岁的隋炀帝杨广设立了进士科。从现在起，帝国要采用一种新的官员选拔方式——考试。

对中国乃至东亚影响深远的科举制度，就这么开始了。

在之后的一千多年里，一扇新世界的大门向寒门士子敞开。只要通过这扇门，进入国家权力体系的机会也就有了。

这件事，其实杨广的父亲——隋文帝杨坚就已经开始办了。初衷当然不是公平公正，给寒门士子更多的机会——杨坚的意图明确：打击门阀士族。这些个高门大姓、名门望族，权势实在忒滔天了。魏晋以来，"上品无寒门，下品无士族"，历来按门第高下选拔官员。垄断了选官制度，也就垄断了权力。也由此，魏晋几百年，门阀势力在皇权问题上，能翻手云覆手雨。

杨坚就是关陇门阀拥立的。众人既然能拥立一个杨家，转头拥立李家王家，也不是不可能。

杨坚是对的。隋享国三十七年。取而代之的李氏，正是关陇门阀隆重推出的家族之一。接下来，李唐王朝将在削弱门阀势力这个问题上继续死磕。

关于门在建筑中的突出地位，只要提到那么几个词，就已经一目了然。

门阀的"阀"说的是阀阅——两根立在大门前、记载家族功业的大柱子。门左曰阀，门右称阅，祖上立下的赫赫功勋，不能锦衣夜行。

至于门第的"第"，说的是另一风光特权：宅第大门可以直接对通衢大道开启。中国最早的门第，是春秋时晋国六卿中的韩氏、赵氏、魏氏、智氏、范氏、中行氏，后来直接上演了三家分晋的大戏，开启了战国时代。

既是高门大户，养些"门客"，也是顺理成章。战国，三六九等的门客在贵族诸侯府上，有骗吃骗喝的，有出谋划策的，也有能为知己者死的。至于孟尝君、春申君、平原君、信陵君这战国四公子，则把门客之风推向了高潮：四公子家中门客，合起来据说有万人之多。

[二]

虽说穴居野处的上古先民不会想到门今后的这等高光时刻，但他们对门的态度，确是相当讲究。

按照《尚书》里的记载，当年四方来朝见舜的诸侯，"宾于四门，四门穆穆" —— 宾客从四门进入，气氛相当端庄；这"穆穆"，表达了对舜的敬意，也暗示建筑的气场。看来，关于气氛营造，上古就已经深谙此道。

民居亦然。西安半坡遗址，以半穴居的方形房子为例，"门开在南边，有一个狭长的门道，一般长1.5—2米，宽0.3—0.6米，仅可容一人出入。门道多作斜坡形，个别有做（成）台阶状的，均光滑整齐，有的还铺一层烧渣做成走道"，"门道

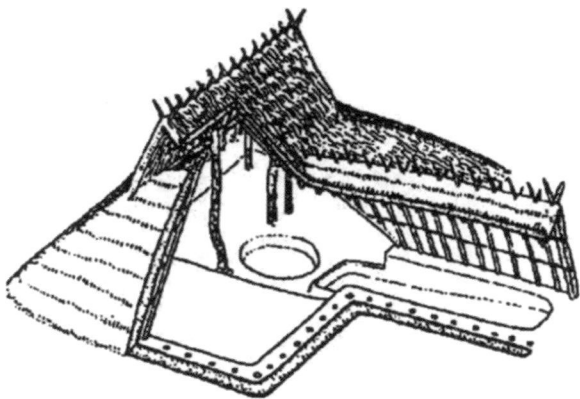

半坡仰韶氏族早期方形房屋（刘敦桢主编《中国古代建筑史》）

两旁有2—4根柱子，是支架门棚的支柱"（《西安半坡 —— 原始氏族公社聚落遗址》）；当然还有门槛 —— 与门相关的构造，很花了心思。

今天野营的人们用的那种带门厅的帐篷，简直就是远古民居的翻版，只不过没有往下的斜坡或台阶。挖成半地下式的，自然是为了扩大内部面积，改善居住环境。先民对生活，还是很有要求的。门扇有没有不得而知，不过想来总是会编些树枝茅草之类作为掩蔽。

到了殷商，门扇就已经出现了，甲骨上写得确凿。

罗振玉在《增订殷墟书契考释卷·中》里解释了三种门的字形，第一种就是左右对开两面门扉；第二种是在中间加了一根门闩；第三种，门上还有门楣。

为了方便隐蔽和防御猛兽，门起初低矮，到聚落规模变大，防御力增强，门的高度才渐渐有了改变。仅从半人高到能低头进出，都经历了极其漫长的过程。20世纪初，按照河南安阳的殷墟考古发现，商代一座长方形的建筑被复原，门的高度与远古已不可同日而语。

经过周秦，到了汉代，一块画像砖上的贵族宅邸大门，同一千多年后林黛玉初进贾府看到的——"三间兽头大门，门前列坐着十来个华冠丽服之人。正门却不开，只有东西两角门有人出入"——已是差不多的景象：画像砖上，屋宇式的大门左右两侧各开小门，想必寻常时候，从小门进出就是了；

东汉贵族宅门（庄裕光主编《中国门窗·门卷》）

中门的门楼是三开间单檐屋顶，左右小门也各覆对称的单檐屋顶；而在屋顶上方，又见杨柳依依，透出春色几许，至于宅内的情形，门内之门，庭院深深，更让人浮想联翩。

寻常人家的门依旧忠实履行着门原本的功能，高级建筑的门则早已超越了实用性，象征意义被推到了台前。不单宅门的规模、屋顶式样，就连门上的零件、油漆的颜色，都成为地位和权力的代言："旧第开朱门，长安城中央"；"峨峨高门内，蔼蔼皆王侯"。

唐长庆四年（824）夏天，五十三岁的白居易在杭州刺史任上期满，回到洛阳，拿出积蓄，又以两匹马折价，买下了一处豪宅。

宅子位于履道坊，占地十亩。这个面积，同三年前白居易在长安新昌坊置的宅子差不多。白居易从前颇得意于新昌坊宅"门闾堪驻盖"，大门前可以停车；履道坊的宅子则"门前有流水，墙上多高树"，更多了几分雅致。且新昌坊地处长安郊区，而履道坊所在，则是洛阳的一流地段，按照白居易的描述，"风土水木之胜在东南隅，东南之胜在履道里"。

二十多年前的春天，校书郎白居易曾到过洛阳。那时距他二十九岁进士及第、三十一岁通过公务员考试，正式进入官场不过两三年，还是九品的新手，在洛阳买一套房的小火苗，大约就此种下了。光耀门庭，并真正拥有一个体面的门庭，是士子最素朴的理想。

履道坊的宅子，南边就是崔群的宅子。崔群，朝廷重臣，出身门望赫赫的清河崔氏。白居易还曾写诗隔空向新邻居道了声好（《题新居寄宣州崔相公》）。十几年后，白居易和老友刘禹锡偶然经过崔群的宅子，此时崔群不过谢世几年，当年的宰相府第，已是"园荒唯有薪堪采，门冷兼无雀可罗"。

而刘禹锡对于眼前的情景，只怕有另一番心绪。当年他三十出头，朝廷的少壮派王叔文立意革新弊政，他和柳宗元成为革新集团的核心人物：国家政令，王叔文皆"与之图议，言无不从"，门前"昼夜车马如市"的日子，刘禹锡是没少过的。但情形不久急转直下。因为卷入了皇权之争，革新惨淡收场，相关人等赐死的赐死、贬谪的贬谪，从门庭若市到门可罗雀，不过百余日。重回长安，起复官职，已是二十多年后，柳

刘松年《秋窗读易图》

宗元已客死他乡，门前野草青苔，怕是已经铺满。不过回首当年那场事关理想的豪赌，身为儒门中人，刘禹锡并无悔意。

当年百家争鸣，孔门据说弟子三千，佼佼者七十二人，却也并未显现出绝对优势。不过孔门弟子耐得住寂寞，跟随孔子，颠沛流离过，绝过粮，遭遇过焚书的重创，终于在汉代重新崛起。在此后的日子里，朝代更迭，儒门自岿然不动，并将一门独大——无他，只是事关理想。

〔四〕

湖南人曾国藩，为他的一生作结的是一连串名词：湘军；太子太保；一等毅勇侯；以及，曾文正公家训。

中国自古极重门风，《大学》里讲得明明白白："欲治其国者，先齐其家。"世家大族有世代传承的门风，在魏晋与琅琊王氏齐名的河东裴氏，有唐一代，只宰相就出了十七位，自然不是倚靠裙带关系——裴氏门风甚严，才有裴氏子弟的文武兼备。名相裴度，出将入相二十年，朝廷安危系于一身，人品亦是一流，晚年留守东都洛阳，又是洛阳文化圈的中心人物。

世家如此，寒门同样如此。

咸丰三年（1853），回到湖南的曾国藩组建湘军。官军赢弱不堪一击，而这支由湘人组成的队伍却堪与势如破竹的太平军一决高下，最终为清廷力挽狂澜。

湘军彪悍，曾国藩自也彪悍。只是后者彪悍在内心，待人接物，却是谦慎。

他一直谨记祖父星冈公的两句话。一句是："尔的官是做不尽的，尔的才是好的，但不可傲。满招损，谦受益，尔若不傲，更好全了。"一句是："'懦弱无刚'四字为大耻。故男儿自立，必须有倔强之气。"

他的后世子孙，也将他的训诫铭记于心。

咸丰六年（1856）九月二十九日，他在给八岁儿子曾纪鸿的信里写道：

> 凡人多望子孙为大官，余不愿（尔）为大官，但愿为读书明理之君子。勤俭自持，习劳习苦，可以处乐，可以处约。此君子也。

曾纪鸿果然如他希望的，成为近代著名的数学家。曾纪泽承袭爵位，成为清代著名外交家。在接下来的一百多年，曾氏家族代有英才。当一等勇毅侯的"世袭罔替"随着大清而消散，曾氏门风却始终维持不坠。

门闩：
关门，落闩

　　唐帝国的第一元帅郭子仪在南征北战的岁月里，偶尔会回想起多年前那个冬日的午后。

　　还是开元年间，长安城最恢宏的时节。兵部武举考场上，尘土混合着荷尔蒙，四围大抵都是同他一般的年轻男人，身形彪悍，目光如炬。

　　考试已接近尾声，这一轮考的是翘关。那关门，径三寸半，长一丈七尺，举起五次即算通过。试上手方知其中奥妙：前手没有限制，后手离关木的一端不得超过一尺，要将丈七尺的关木平举起，绝非易事。他定了定神，深吸一口气，双手前后搭上关木。午后的阳光明晃晃地照在这位太原郭氏大族子弟年轻的脸上。

则天皇帝设立武举时，他才六岁，自此举国上下各种教授骑射的课程兴起，市上也常能见力士翘关扛鼎。不过一回父亲带他到城门前，指了指城门后的关木 —— 也就是门闩，同他讲，武举翘关，举的实则就是这个。考较的是力量，但又不只是力量。他看着须几人合力方能开启闭合的巨大门闩，半天，似乎有点明白了。后来他武举高第直接授官，父亲也辗转各地任刺史；再后来，安史之乱，京城失守，他的征战生涯到来：克复两京，节度三镇，天下兵马大元帅。经过无数城池关隘，父亲那日没有说完的话早已深谙于胸：那一根关木，守住的是一方疆土。

[一]

"关""闩"二字在今天，乍一看来，形同路人。但时空倒转两千年，用小篆写出，顿时现出孪生兄弟的原型。

"闩"的小篆写法是：合上左右门扇，加上一根横木。

"关"字稍复杂些：门中横木有上下两根，分别嵌套在两根直木棍上，细节更清晰，在功能方面显然也更稳定。另一种说法是，这结构是两个绳结，上古也用绳结做过门闩，后来大概发现横木更好用。东汉许慎在《说文解字》里明明白白给

小篆"门"和"关"

"关"下了个定义:"关,以木横持门户也。"

相对于"门","关"后来走得更远,又衍生出诸多相关意思。譬如险要之地的"关隘";事情的"关键";还有这两兄弟原本的属性,"机关";再比如"关"这个动作,这是后话。

长安二年(702)武则天将翘关设为武举考试科目,也不是凭空而来。

关于被武则天尊为"隆道公"的孔夫子,一直有一段神勇往事流传,《吕氏春秋》《淮南子》《论衡》《列子》里都有类似记载,说"孔子之劲,能举国门之关"云云。夫子不仅继承了父亲叔梁纥的魁伟身形,还继承了其部分神力。以他的体力,竟能举起国门的门闩,可见绝非手无缚鸡之力的文弱书生。当然,当年叔梁纥以一己之力撑住的是悬门,从而保护鲁国军队安然撤退 —— 这一手,相比夫子的"举关",段位又

100

不知高出了多少。

"举关"这样的力量训练，在战国时期似是军队实操训练的一种，相对的还有"扛鼎"，都知道楚王项羽"力能扛鼎"。冷兵器时代，体力的重要性，但看吴王阖闾伐楚时的一条军事策略便知：选大力士五百人，精锐三千，以为前阵。吴军五战五胜，直取楚国都城。

西晋大文学家左思在那篇让洛阳纸贵的《三都赋》里，写到在孙家治下吴国的幸福生活，"里宴巷饮，飞觞举白，翘关扛鼎，拚射壶博"——喝喝酒，投投壶，来个角力大比拼。可见，彼时翘关已是南方的娱乐活动。

[二]

就算没有朋友到访，白日里，陶渊明还是习惯喝上两杯。樊笼之外的生活，不就应该是这样子的？

这日下午刚给菜地锄了草，陶渊明虚掩上柴扉，在堂前林荫下坐定，"对酒绝尘想"。—— 园子里有新鲜蔬菜，初夏的微风吹过衣襟，幼子阿通在旁牙牙学语叫爸爸，还有酒为伴，那些尘世间的事，还有什么可记挂的？

有人在外面高喊了两声，便推开院门进来了。乡间的白日里，没有哪家哪户会插上门闩。原来是村头老王。老王人不错，健谈，平日常常会传授老陶一些种菜心得，家里刚新酿了高粱酒，便乐呵呵地提了来。正好正好，一起喝两盏。

相比那些重量级的城门门闩，寻常百姓家的门闩也许才是它的常态。长也许不过一尺，厚度不过一寸，入夜，门一合，门闩一横插，门便从里面锁上了 —— 就这么一个小小的机关，便将种种危险挡在了外面。

但就这么个小机关，当年也必定让先民很费了一番脑筋。最初可能是在洞穴口用土石垒个半墙，或是放块大石头以防猛兽的突然造访。后来有了门，怎么把门阖上又是个问题。用草绳麻绳打结的办法看来不错，用粗壮的木棍斜顶住门也挺有用。慢慢地，发现用一根木头横着抵住更有效，于是专门设计了两个直立卡槽，把那根周正的木棍往卡槽里一插 —— 简洁，完美。

[三]

门闩从来行事低调。

它自知责任重大。外门内门，大大小小，但凡门扇，要防人从外开启，背后都有它的存在，所以它竭力避免引起注意，只展露在自己人面前。模样也敦实，即便大户人家，也不过上下双门闩；纵有些被称作精巧的，也只在闩上另设一个小机关抵住门闩的滑动；再精细，就在秘密位置再设计上一个只有自己人知道的防盗机关，不明就里的闲杂人等，就连在门内都扳不动它 —— 就像隐秘的内部安保人员。

只有笨木匠，才会把门闩装在门外。《笑林广记》里就有这么一个。主人于是骂："瞎贼。"木匠不甘示弱："你便瞎贼！"主人怒："我如何倒瞎？"木匠答："你若有眼，便不来请我这样匠人！"

笨木匠手艺不行，嘴倒是快。转念一想，还是个笨伯。

相较之下，百里奚的发妻杜氏就是个聪明人。

春秋名相百里奚当年命运多舛，做过虞国大夫，当过奴隶，在楚国放过牛。幸而秦穆公终于听到他的名声，用五张羊皮赎了他，拜为大夫，于是内修国政，外图霸业，开始了秦国的崛起之路。此时距百里奚当年离家已经过去了不知多少年。某日宴会，忽听得堂下有老妇抚琴歌唱：

"百里奚，五羊皮，临别时，烹伏雌，炊扊扅，今富贵兮忘我为。"

百里奚心中一凛，回忆起当年离家时，妻子把家里的门闩当柴，炖了家里的生蛋鸡为他送别的情形，慌忙上前。果然是发妻杜氏。原来杜氏默默寻了来，默默在相府谋了个仆妇的差事，然后找准时机，果断赌上了一把，一如年轻时放百里奚"出去闯闯"的果决。

大团圆结局。

歌中的"㸑廖"（yǎn yí）就是门闩。把门闩当柴烧，想来有点夸张，但可见百里奚当年不是一般的潦倒。这传说太过出名，乃至"㸑廖"后来被用来指代患难与共的夫人。倒也是贴切——都说每一个成功的男人背后都有一个默默付出的女人，那女人淡淡隐在其后，却是关键。

[四]

18世纪法国画家弗拉戈纳尔的油画《门闩》上也有一对男女。在这幅收藏于巴黎卢浮宫的名画中，右上方一束高光，照亮了一对年轻的情人，二人的神情已经迷离，左边的阴影里，是猩红色布幔下的柔软的床榻，一个隐喻着禁忌的红苹果在床边的桌上。而整幅油画的最高光处，男子的手已经插上了卧室的门闩。

《门闩》，这真是个意味深长的名字。不过剧情的发展不在讨论之列，只说18世纪法国的门闩，虽然材质有别（看起来是金属的），结构同中国几千年来的木质门闩却是如出一辙。果然是经典设计。

　　木门闩大多已湮没在悠长的岁月里，城市门户紧闭。当我们谈论门闩，我们是否在讨论曾经只用虚掩柴扉，"过门更相呼，有酒斟酌之"的日子？

门槛，貌不惊人，但绝非路人甲。

讲个宋代《轩渠录》里的高能（冷）笑话。

湖州知州苏轼那天同一班幕僚游道场山。到了山寺，为免扰山门清净，苏轼屏退左右，只几个人入内。恰有个和尚靠在门上打盹儿，苏轼一见之下，玩心又起，说：髡阃上困。

现代人一看，真真叫丈二和尚——摸不着头脑：四个字，只读得出两个！

那么宋代人何故露出谜一般的微笑？答案在声音里。

必须大声念出来，才会明白其中道理——读作"kūn kǔn 上 kùn"（音"昆捆上困"），会读两个字，竟差不多也够了。

"髡"（音"昆"）是先秦时的一种刑法，受刑人会被剃掉头顶的头发，无他，羞辱羞辱你。战国时擅长谐谑的大政治家淳于髡，就是因为受过髡刑，才得了这个名字。后来和尚因为剃度，也被称作"髡"。"困"不必解释，太困了，自然忍不住要打个瞌冲。至于那个"阃"（音"捆"）字，乃是这回的主角，一个门部件——门槛。

[一]

门槛貌不惊人。

它随处可见，无论高级的宫殿寺院，还是乡里村间的大宅小户，但凡传统建筑，只要有门，大抵就有门槛。民间也有

叫"门坎"的。同它周遭的建筑构件兄弟们比起来，门槛看上去再敦实不过，绝少修饰雕琢，就算有点儿变化，也不过从一段横木换成一条石板，又或者在横木外再包上一层铁衣罢了。它就那么伏在门下，隔开门内门外，让进进出出的步伐收敛一回。

然而，它绝不是路人甲。

公元383年，淝水之战前线，东晋指挥部。总指挥谢安正同人下围棋。北方苻坚亲征八十万大军进攻东晋，而此刻率军对阵的东晋大将谢玄（也是谢安的侄子），手中却只八万北府军。淝水决战，东晋国运悬于一线。忽然，前方战报传来。谢安读罢，将战报放在一旁，脸上表情看不出分毫变化。对弈者终于急了，问：什么情况？谢安淡淡答道：小儿辈已破贼。

这个掌故太过经典，此刻的谢安，简直是神一样的存在。不过紧接着，门槛却泄露了一些不为人知的秘密——《晋书·谢安传》随后说道："既罢，还内，过户限，心喜甚，不觉屐齿之折……"这事儿让谢安的形象瞬间多了分亲切可爱：下完棋，回内室，内心实在太过汹涌澎湃的谢安压根儿没留意到脚下，只下意识地抬了抬脚——显然抬得草率了些，于是木屐的后跟磕到门槛（户限）上，咔嗒，断了。

虽然简素，门槛却断无被忽视的可能。

〔二〕

起初门槛的出现，是为了挡住各种危险。

差不多六七千年前，上古的先民给自己盖的房子，已经开始很有些追求了。

西北黄河流域的半坡遗址，这个总面积差不多五万平方米的原始聚落，已经很有些现代城市的意思了。四五十间房子分布其间，小的二十来平方米，大的四十平方米，有圆有方。

有一种房子是半地上半地下的。比方一间房子，按照考古专家还原的样式，屋中央有中心柱，一圈木头斜架着，在中心柱顶部交汇，搭成一个锥体，外面再铺上泥和草筋的混合物，一个能遮风挡雨的屋子就出来了。然而这么圈出来的屋子，里面空间终究是小，那就往下挖几十厘米，室内空间顿时就大了。这大约也是出于安全考虑，屋里得生火，所以地面距离屋顶尽量远，总是不错的。再讲究些，在进门处修个门厅（门道），刮风落雨，坐在门厅看风景，很有些豪宅的意思。

所以在门口（门厅口）筑一道土槛就万分必要了 —— 防止雨水倒灌。

当然，就算是地上建筑，门槛也是必要的。也有建筑内外齐平，顶上照例是锥形结构的，锥体的下方却不是地面，而是一道矮墙，由一圈木柱支撑起来，外面照例糊上泥草混合物。也不算太矮 —— 将近一米。屋子的槛就是矮墙高度。门槛那么高怎么进出？有台阶。乍一看去，门就像是在墙上开的一个洞。这么高的门槛，好处也显而易见 —— 不单防风防雨，还保暖。

门槛的平凡之路，就此开始。

后来建筑日益发展，门槛的样子变化不算大，人们对它的诠释却是放飞了起来。

诗经《谷风》里的那个姑娘，说起负心人来，真真泪眼蒙眬，"不远伊迩，薄送我畿" —— 我都要走了，不奢望你送很远，只求再多陪我走几步，你却只把我送到门边。"畿"就是门槛，这等冷淡，在今天真真不知要被多少人唾弃。

为什么直到今天，送人也依旧得送到门槛外才合乎礼节？因为门槛分隔开门户内外，会让人自然联想到"界限"一词 —— 内外有别。

门槛挡住的已经不单是风雨，还有各种危险。民间要挡住蛇虫八脚，各种妖邪，国家亦要挡住外来威胁。

人说冯唐易老。为什么易老？大约是因为他说话太耿直。汉文帝一朝，冯唐须发花白，也只做到一个小小的郎官（相当于侍卫、秘书一类的差事，通常是年轻人的天下）。

但冯唐终于有了一次机会。那日汉文帝经过，闲聊了几句，皇帝随口感叹：我要是有廉颇、李牧这样的大将，哪里还会担心匈奴犯边？冯唐却应道：陛下，您就算有廉颇、李牧之类的将军，也不会用他们。

冯唐话说得够狠，显然是想汉文帝接茬儿。果然，大怒而去的汉文帝过后回过神来，又去问冯唐：何出此言？

冯唐单刀直入："臣闻上古王者之遣将也，跪而推毂曰：'阃以内者，寡人制之；阃以外者，将军制之。'" —— 我听说，古时君王派遣将军，会跪下来推着战车说，国门以内，我做主；国门以外，将军裁定。一句话：国门之外（阃外）的威胁，就交由将军全力阻挡了。

这一番用人不疑的雄论，不单汉文帝听进去了，更让后来的司马迁大发感叹：有味哉！有味哉！

不过到了末代皇帝溥仪这里，又是另一种景象了。

那日皇后婉容的弟弟润麒新得了个宝贝 —— 一辆从外国使馆搞到的自行车，于是骑到紫禁城中，同姐姐、姐夫一起玩。都是十几岁的年轻人，自行车成了溥仪和婉容的新消遣，溥仪甚至为了使自行车可以在宫中畅行无阻，竟叫人把很多门槛都用锯锯掉了。

紫禁城的门槛的确也已经对溥仪没有意义了。这个三岁登基的皇帝，六岁退位，不过是仍住在紫禁城里，过着他似乎与世隔绝的日子罢了。锯掉门槛这样的举动，与其说是任性，莫如说是一种无能为力 —— 只有在这紫禁城，他还是皇帝。

门槛又是什么时候成为身份地位的代名词的？

这就要说到孔子曾经教导弟子的一句话："入公门……行不履阈。"——阈，门槛；进国君的外门，切勿大剌剌踩着门槛就进去了。孔子的这番规范，在《礼记》里写得清清楚楚："大夫、士出入君门……不践阈。"所以过门槛，务必庄重。

话说回来，虽说这规矩是出于尊卑礼仪的考虑，但汉服自古宽袍大袖，穿的又是木屐，一脚踩在门槛上，不说仪态有差，安全性也欠佳。

民间后来也就渐渐衍生出各种"门槛不能踩"的道理来，佛寺的门槛不能踩，是因为门槛是佛祖的肩膀额头；宅院的门槛不能踩，是因为那是祖宗的脖颈，踩了非但不敬，而且不吉。

门槛也就不怒自威了起来。

问题又来了：在礼仪逐渐烦琐（攀比日益严重）的情形下，怎么才能让自家门槛显出身份地位来？

——往上，找高度。

门槛越高，进门越费力，也就让人生出越多敬畏感来，乃至如今还经常见到，一些宫殿寺院，包括民间的大宅院，门槛高度竟然齐膝。苏轼调笑"髡阃上困"的那道山寺门槛，能

让和尚靠在上面打盹，想来也不会低。

但在高度问题上毕竟不宜太任性，于是赵合德，也就是赵飞燕的妹妹，想了个主意：把她住的昭阳殿"切皆铜沓黄金涂"（《汉书·孝成赵皇后传》）——"切"（音"砌"）即门槛，门槛外包上铜，涂上黄金，一如她"能折腾"的名声。

给木门槛穿外衣的倒也不止赵合德，还有南朝的智永禅师。智永禅师出家人，自不为哗众，实在是书法太好，上门求字者竟狂热到把他住处的门槛都踢穿了，没奈何，禅师只得用铁皮包住木门槛。这下，门槛算是安全了，"铁门限"（铁门槛）的名声又起，智永的书体竟连带被称为——"铁门限笔"！

门槛万万没想到，以它的平平无奇，日后竟能在江湖乃至语言界混得这般风生水起，衍生出各种名词来，什么高门槛、低门槛、零门槛、铁门槛……竟还发展出了一个术语，叫什么"门槛效应"。

门槛自己倒并不以为意。金也好木也好，高也罢低也罢，它总是心平气和地抵住左右门框，紧贴着地面。郑板桥笔下的情形，也在寻常日子里无数次上演：

> 又有五言绝句四首，小儿顺口好读，令吾儿且读且唱，月下坐门槛上，唱与二太太、两母亲、叔叔、婶娘听，便好骗果子吃也。

[四]

苏轼讲"髡阃上困"笑话的时候，大约是在元丰二年（1079）。

这年春天他从徐州调任湖州，照旧日子过得逍遥自在，也颇有政绩。他自然不会想到，这年夏天，他就会被捕入乌台大狱，几乎死于狱中，甚至给弟弟苏辙留下了一首绝命诗："与君世世为兄弟，更结人间未了因。"绝处逢生的苏轼随后被流放黄州，这个人生的巨大转折，也终于成就了后来的苏东坡。再后来，他的命运还将大起大落，他也将被一次接一次地流放。不过如你所知，无论怎么难，苏先生总能把日子过成诗和远方。

也真是应了那句鸡汤：这世间，哪有过不去的"槛儿"？

门望门望，大门的事，
哪里会那么单纯？

门枕：好一个里应外合！

那些传统宅子的大门两侧，一左一右肃立着的石狮石鼓，真不是来打酱油的。

那年澳门赌王何鸿燊过世，社交媒体上很是嘈杂了一回，历数何氏家族的种种荣耀是非。重点被提到的是他的二房长女何超琼。这个何氏家族接班人、商界女强人，当年因为曾在娱乐圈走过一遭，一直被津津乐道，包括当年同陈百强的那一段。陈百强这个名字，今天的年轻人大概很耳生，但说到他当年的影响，是必须祭出一个古董级形容词的 —— 红得发紫。陈百强最终没能赢得美人归，据说就因为何鸿燊发话了：门不当，户不对。

陈百强乃音乐才子，富二代，这出身在当年也不算差了，但同名门望族何家确实比不了，一句"门不当，户不对"让人顿时心下滴出血来。

太阳底下没有新鲜事。门当户对，千百年来都是家族联姻的必要条件。三国曹魏，曹丕的太太郭皇后就告诫过家族："诸亲戚嫁娶，自当与乡里门户匹敌者，不得因势强与他方人婚也。"郭皇后当然是在提醒家族中人行事不要嚣张，强娶的事断断不可，但一句"自当……门户匹敌"，也是明明白白地表达了立场。至于《西厢记》里，相国小姐被许给落魄书生，那是被贼兵围了白马寺，崔莺莺眼看要被掳去做压寨夫人，万分危急时刻，夫人为退贼兵的权宜之计："虽然不是门当户对，也强如陷于贼中。"饶是如此，王实甫还是给张生安排了个"前礼部尚书之子"的出身，还得让他随即考取状元 —— 按"五十少进士"（五十岁考中进士都算年轻）的标准，天知道考取状元又是什么微概率事件！

关于"门当户对"，前些年又开始流行一种说法，说这个词还另有玄机：原来门当和户对，在中式建筑上是确凿的存在。门当，说的是宅子大门左右两侧那对石墩；户对，是宅门门楣上的那一对（也有两对、三对的）门簪。有门当，必有户对，且都成双成对。宅第主人身份地位，一看门当和户对的规格便知。所以古代定儿女亲事之前，往往会派人到对方门前一探究竟。

这说法很让听者恍然大悟一回，原来如此。

但也有学者正色予以驳斥：胡说！中国建筑里哪有什么叫"门当""户对"的建筑构件？不过是民间（尤其可能是导游）的编排罢了！

又恍然大悟一回。

名称的孰是孰非不论，根本的一点倒是确凿无疑的：宅第的显赫与否，必会在宅门的不经意处露出蛛丝马迹。门望门望，大门的事，哪里会那么单纯？种种细节，都指向主人身份地位颜面。更何况那个被称作"门当"的机智存在？

这构件的学名叫"门枕"——因为形似门框的枕头。民间喜欢叫它"门墩儿"。

[一]

门枕怎么就机智了？

这就要从它的构造说起。

北宋建筑大师李诫，一千多年前在他的《营造法式》里，用工笔细细画下了当时门枕的基本范式：一块长方形的整石，中央有一道凹槽（用来放置门槛），这道凹槽将石头分成了门内与门外两部分，门外的一头雕刻花纹，门内的一头平整。

118

門砧

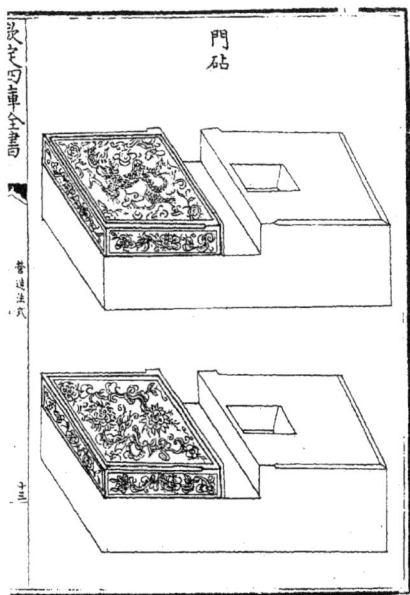

先越过中央那道凹槽，说门枕的门内部分。

相形之下，门内的部分貌不惊人，朴实得如理工男，但有些许变化，不过只是为了解决重大技术问题。

什么重大技术问题？一句话——开门关门。

传统建筑，尤其高等级建筑的大门，肉眼可见的厚重。古代没有铰链、合页这些个连接件，门怎么固定？靠门的转轴——门枢。

把视线集中到门枕的门内部分、那个有点古怪的方形凹槽上：该凹槽有个让人闷笑的学名——"海窝"（一不留神没准儿会看成"酒窝"），却是标准的实力派——用来承托下部的门枢。

门有豪华、超豪华、超超豪华之分，"海窝"也有对应的版本。

当版门的尺寸达到一丈二尺（约合3.8米）以上，为了减少门枢对门枕的磨损，工匠还会在海窝里安一小块金属铁，铁块上有一个半圆形的凹穴，用来承托门枢，名字也很率性，叫作"铁鹅台"。

至于上部门枢，也捎带说说。

上部门枢所对应的凹槽，因为不必承重，就轻松许多。在门上槛后面贴一条长度相同、被称作"连楹"的木构件，再在连楹两端相应位置各开一个凹槽便可。连楹同门楣怎么连接？被民间称作"户对"的门簪就顺势登场了。在门楣和连楹上穿孔，打上几个插销即可。这插销的高度和形态很有点发簪的意思，嗯，就叫"门簪"吧。

于是协同发力，门枕的中央凹槽咬住门槛，门内一头的海窝承托住大门下部的门枢，整个底座连同门外雕花的一头压住阵脚（虽说雕花，却也不是花拳绣腿），大门开合的安全平稳由此确保。

好一个里应外合！

〔二〕

因为《营造法式》的传世，我们于是得知门枕在中国传统建筑里，也可算是前辈级别了。

它至迟在公元400年的北魏就已经出现，北魏文成帝皇后陵墓的石券门两侧，就有外部雕成虎头模样的门枕。1979年北齐外戚娄睿墓发掘出来，一对狮子模样的神兽枕伏在门两侧，一如一千五百年以前。娄睿是北齐武明皇后的侄子，战功赫赫，封东安郡王。虽然最后坐罪免官，照旧显贵一生。

到了北宋，门枕就已经被高度标准化了。李诫写道：

> 凡版门……若门高七尺以上，则上用鸡栖木，下用门砧。

"门砧"是门枕在宋代的学名。七尺以上的版门——高度大约相当于今天的2.2米——就需要用到门枕。

当然，版门在北宋本来就非等闲之辈，往往是用在城门或宫殿、衙署的大门上，高级。

至于门枕与门（门槛）宽度的比例，李诫写道：

> 造门砧之制，长三尺五寸，每长一尺，则广四寸四分，

厚三寸八分。

当然，面子的事，不单事关尺寸。既然身处大门两侧的显要位置，就需要相应的高级感。这些，就交由门外的兄弟全权负责了。

李诫所绘的门枕门外部分，形态上倒并没有什么特别，四四方方一个座。不过在上部表面及四周都仔细雕上纹样后，鱼龙花草，看上去顿时鲜活起来，且雅致。不乏厚实沉稳，又自有一股曼妙轻巧的劲儿，典型的宋代审美就是了。

相对于它的低调，另两位就要霸气许多。

《红楼梦》里，总是冷着一张脸的柳湘莲那天冷冷地说了句话，听得宝玉顿时臊红了脸："你们东府里除了那两个石头狮子干净，只怕连猫儿狗儿都不干净。"

东府就是宁国府，奉圣旨修建（敕造）的。这等规格，府中的石头狮子也必然可观，应当独立镇守在宅门两端。不过，作为辟邪护卫神兽，石狮自从汉代传入中国，就拥有如云的上层粉丝，所居之地当然也不会那么局限。门枕，也是它的主场。根据考古出土推断，隋朝初唐，圆雕的狮形门枕就已经在长安地区流行。

比狮形门枕次一级，石鼓形门枕的登场要稍晚。元代营建北京城，尤其到了明清，北京皇城根儿的胡同里，大大小小的四合院门左右，石鼓开始进入黄金时代。石鼓立在须弥座上，变化多端，散发着显赫的气息，乃至还有了专属爱称——"抱鼓石"。

话说回来，在大门一左一右立起两面鼓又是什么道理？

有说那鼓是"谏鼓"的。传说中的上古时代，"尧置敢谏之鼓"——尧在门外设谏鼓，民众有意见，自可击鼓要求进谏；"舜立诽谤之木"——"诽谤之木"与"敢谏之鼓"是一个意思，"诽谤"不是今天的造谣中伤，而是进谏之意——舜在交通要道竖起大木，谁要发言，直接写在上面就行。开明如此，也难怪千百年来那么多臣子都将能"致君尧舜"视为自己的人生理想。

话说回来，这个说法如果成立，广开言路的谏鼓被后世显贵放在宅院门口，表达的大约也不单是开放的姿态，更是在昭示：宅院主子地位，非比寻常。

明代的计成对此则不以为然。

计成是大造园家，在他设计的园林里，似乎不建议出现这等招摇的物件。计成在他的造园宝典《园冶》里淡淡地讲：门枕何必总要雕刻成石鼓模样？雅致一点，古朴一点，端方一点，就是了。

南方人天性大抵如此。苏州名园里也不乏抱鼓石等存在：网师园、拙政园里，都有抱鼓石的身影；但比之北方，南方的宅院里，石狮、石鼓出现的频率要低太多，讲究些的，往往也只在石座上面雕刻些花鸟虫鱼、琴棋书画之类。计成是苏州人，苏州造园，讲究的是一个内敛自然、"似曾相识燕归来"的调调。李诚若是穿越到明代，或许会同他比较聊得来。

不过，审美的事，从来各有所好。石狮也好，石鼓也罢，当森严的等级逐渐消解，工匠们（以及宅院的主人们）从来不吝于想象。于是石狮立在石鼓之上，石座上有各种瑞兽围着聊天，鲤鱼跃过龙门，猴子封侯挂印，各有各的威武和兴高采烈。

所谓大千世界，有不同，才有意思。

门环：
门环当当，有客到

有时候，要紧处不在显要处，却在细节。

据说，汉武帝刘彻的第一任皇后陈阿娇，那日让心腹去找司马相如，拜托他写一篇赋。阿娇这时候已是废后，因为参与了巫蛊案，被打入冷宫，栖身在长门宫中。阿娇没有看错，司马相如不愧是帝国第一笔杆子，一篇《长门赋》，当得起黄金百斤的酬谢，竟读得刘彻回心转意，想起少年时的信誓旦旦：若能娶表姐阿娇为妻，我一定要造一座金屋子给她住。《长门赋》的序言里道："皇后复得幸。"——于是，陈皇后走出冷宫，复得汉武帝的欢心。

这桩童话故事靠不靠谱，两千年来一直众说纷纭。毕竟，接替陈阿娇的卫子夫此后做了三十八年皇后，是百分百确凿的事。所以后人分析《长门赋》的序言是伪作，纯属杜撰。序言有假，赋到底是不是司马相如写的，也就存了疑。但不管怎么样，有一点是肯定的：这篇《长门赋》，的确水准一流。

冷宫里，美丽女子一心一意地等着夫君回心转意——她的错，原只是为了博取夫君的欢心啊。她走下兰台，徘徊在深宫之中，这雄伟的宫殿，这雕栏玉砌，却只是衬托出她的形只影单。

"挤玉户以撼金铺兮，声噌吰而似钟音。"——她推开宫殿的门（玉户），殿门上的金质门环（金铺）发出的悠远响声，像钟声一样回荡在寂寞的空气里，一声，一声，一声。

[一]

两千年后，从汉武帝的茂陵外城——当时的称谓是"陕西兴平县南位公社道常大队第一生产队"——挖出了一件迥异于汉代风尚的物件：一块充满着奢华气的、精致异常的玉石兽面。

那兽面通体灰绿，色泽温润，更兼尺寸硕大，长度竟有35厘米，厚度差不多15厘米，竟然是由一整块蓝田玉雕成的。不错，正是李商隐诗句"蓝田日暖玉生烟"里的蓝田玉。不单如此，那兽的表情，一见就绝非等闲，金刚怒目，眉眼间云气

126

缭绕，面颊两侧则盘踞着青龙白虎、朱雀玄武。

不要说掘地的公社社员一头雾水，就算明明白白告诉你，这是个建筑部件，只怕也没有头绪。

这块玉石兽面竟是汉家宫殿门把手的底座部分，所谓"铺首"。

按说那神兽嘴上还应该衔着一个圆环，一铺首一衔环，才能叩开宫殿的大门。"挤玉户以撼金铺兮"的"金铺"，说的就是这一对铺首衔环。只不过另一半，不知已经遗失在哪个时空里。

情爱也好，帝国也罢，早已尘归尘土归土。倒是当年金门环叩击的声音，似乎还有隐约的回响。

[二]

转瞬千年。

林黛玉进贾府的时节，不过六岁，心思却已经细密异常。那日船到京城，换了轿子，又坐了半日，小姑娘从轿子里忽见街北蹲着两个大石狮子，"三间兽头大门，门前列坐着十来个华冠丽服之人。正门却不开，只有东西两角门有人出入"，又见门上题着"敕造宁国府"几个字。黛玉知道，这便是外祖长房的府邸了。

"兽头大门"是个什么门？林黛玉是不必多做解释的。林家也是钟鼎之家，祖上袭过列侯的。

"兽头"，说的就是门上的铺首。

为什么是兽头？一言蔽之——辟邪。

演进了千年，皇家宫殿、贵族府邸大门上的铺首衔环同当年汉家宫殿大门上的一样，更多的是威慑意义——那是一国（一家）的脸面。

明清的铺首衔环，有严格的规范，比如《明会典》就说了，王府、公侯、一品、二品官员，大门可以用兽面、摆锡环；三到五品，不能用兽面，只能用摆锡环；至于六品及以下，就只能用铁环了。宁国府的第一任主人——宁国公贾演是随先帝出生入死的开国功臣，级别自不待言。

那么，究竟是何方神兽？

两千年来各种猜测。据说这兽最早出现在铺首上，是春秋早期，也有说可以追溯到殷商。至于其身份，拥有粉丝最多的是龙的第九子"椒图"。

龙生九子各不同，老九椒图性格谨慎周密，模样像螺，轻易不开启，又好僻静，行事靠谱，于是被立在大门上，护住门庭。

又有传言，这个点子的源头能追溯到鲁班——鲁班从螺

金华一家非物质文化遗产小吃店门上的铺首

的性情得到启发，把螺的形象安在门上，镇宅。后人觉得螺威慑力不够，于是找来了龙子椒图。椒图双目圆睁，鼻子巨大，还不忘露出牙齿，这回，行了。

当然，也不是只有椒图坐镇的。青龙白虎、朱雀玄武，都可以上。

《汉书·哀帝纪》记载了汉哀帝元寿元年的一桩事："孝元庙殿门铜龟蛇铺首鸣。"——孝元庙殿门上的龟蛇（玄武）铺首发出了响声。这桩事和这一年发生的日蚀、太后薨、丞相下狱死、大司马免职并列在一起，可见是桩大事：龟蛇铺首从来只负责威慑，这回的自鸣，毫无疑问，是上天的某种暗示。

［三］

庶民之家又当如何？

话说那日清晨，陶渊明忽听得有人敲门。开门一看，是个提着酒来的陌生老头儿，来问候则个。可见当时乡风淳厚。于是当即就边喝边聊上了。

陶渊明此时已经辞官隐居山林，虽说也有"方宅十余亩，草屋八九间"，但日子常常也过得颇为骨感，后来还有乞食的经历："饥来驱我去，不知竟何之。行行至斯里，叩门拙言辞。"敲开人家的门，幸而主人一见他，很是高兴，于是喝酒聊天写写诗。

这样的日子，陶渊明却也乐得自在："千秋万岁后，谁知荣与辱？但恨在世时，饮酒不得足。"

所以，陶渊明乡间的宅子，大门想来也不会讲究，没准直接把一个顶顶简陋的门环安在门板上也就是了，不过是开开关关，敲敲门而已。

这等乐天知命的境界，寻常小民自是难以企及，所以庶民的大门上那副门环，同贵胄官宦一样，也是一家的颜面——能讲究，是一定不将就的。

客人来了，叩门。主人家的品位、门风，即将触碰到的门环就是明证——有时候，要紧处不在显要处，却在细节。

门环是光滑的圆形、带圆角的方环，还是被工匠煞费苦心地做成了竹节状？手感可好？

门环后的底座是方是圆？雕工可精细？是中间隆起的门钹，俗称"铁草帽"的，还是薄薄的一片？

上面雕着求福的如意纹、万字纹、蝙蝠纹，还是求多子的葵花纹或用来辟邪的花钱纹？哦，上面是素净的莲花纹，看来是以高风亮节、"出淤泥而不染，濯清涟而不妖"为人生准则。

轻轻叩下，门环撞击底座，发出清脆的撞击声。这动作不单优雅，手还不疼。便有人应声而出。

从叩门的声音自然也能听出些心情来。叩得又重又急的，不消说，或者有急事，或者上了火；叩得节奏感十足，来客的心情应该很好；至于急急叩了三两声就没了动静……多半是胡同里的小孩儿闹着玩儿。

至于那天大观园怡红院的门环，则见了另一番景象——一个柔柔弱弱的姑娘，敲门而不得进，又听着院子里传来宝玉、宝钗的笑声，顿时怔了，想到自己的身世，又以为院内那位公子竟然恼她了，于是躲到墙角花荫下，悲悲戚戚地呜咽着，那哭声让柳枝花朵上的宿鸟都扑棱棱飞起，不忍再听。门环在旁，轻叹了口气。倘能说话，倒是很想告诉她：姑娘，不是这样的。

无用之用

牛腿：
无用之用

> "人皆知有用之用，而莫知无用之用也。"
>
> ——庄子

有一则十年前的旧闻，并不是大事，塞在社会版的角落即可，却又值得说一说，因为颇有些盖·里奇的黑色幽默。说浙江山区浦江县某村子，接连发生两起案件。先是某某村民家养的牛失踪，家里找了几日未果，突然在溪边被找到，却离奇惨烈得只剩下一个身子，四条腿齐齐被砍。没几天，村里的祠堂又失窃，这回被盗的，是村子祠堂檐下的四只牛腿，两只清代的，两只民国的。

那画面，想想都腿疼——月黑风高夜，从外面来的幕后黑手，对几个二流子示意：给我搞几只牛腿来，每只给××钱。二流子听闻又惊又疑：几个牛腿，竟值那么多钱？况且牛哪里没有，难道这村子里的特异些？但既有好处，也就一拍胸脯，管他的！黑手万万没想到，这几个货不知道他说的"牛腿"是指老建筑上的构件——竟背了四条血淋淋的生腿来！

无论如何，黑手终于得逞。四只曾经支撑了村子祠堂屋檐百多年的牛腿，不知已成为哪家的收藏，时不时被展示炫耀一番，又被"啧啧"赏叹一回。闲来（若它们还在一处），不知又会不会偶尔聊起当年同村那头无辜的牛。

[一]

为什么这柱檐间的构件会叫牛腿，不得而知。大约是民居构件的缘故，出现得又晚，并没有确切的记录。

总之，大概是长得像牛腿。明代文震亨在他的《长物志》里提到过一种名为"牛腿"的缸，想来也是这个意思：上粗，下细，浑圆，有力。

牛腿的大规模出现，要到明中期以后，在浙江中西部的金衢盆地。这同明代中后期浙江发达的商品经济不无关系——明清，金华、丽水、永康一带，是盐的集散地；衢州则一直是浙、闽、赣、皖四省边际的交通枢纽和物资集散地，"四省通衢、五路总头"云云，透着阔气。发达了，也就少不得回故里大兴土木，光耀门楣——对于中国人而言，房子从来都是人生的第一要义。

金衢盆地恰有东阳，自唐代以来的木雕圣地，此时有了强大的消费力，就更有了演武场。乃至到了清乾隆年间，四百名东阳木匠被召进宫，负责皇宫的修缮，以及龙椅案几等等的雕刻。

至于牛腿，大约从"撑拱"演化而来。

撑拱又叫斜撑，原始版本就是一根短木，或圆或方，从立柱上部斜出，另一端撑住屋顶出檐的檐椽，三角受力，以加强檐的稳定性。另一方面，中国传统木构建筑，不论是立柱还是门窗，都怕日晒雨淋，把建筑的出檐尽可能挑出，一直是匠人们的心思，而撑拱很好地解决了支撑屋顶出檐的问题。

免不了追求纹饰。但一根短木供工匠施展的空间毕竟有限，艺高技痒的工匠们开始动各种心思，先在撑拱后与立柱间的三角形空当中填入雕花木板；渐渐地，那一根短木索性被替换成了直角三角形的构件，便是后来的牛腿。

花团锦簇的牛腿历史，就此开始。

一只牛腿，考量的是木料：寻常如樟木、柏木，大手笔如乌木、鸡翅木、紫檀。更考验的是雕花匠的心思和手艺：梅兰竹菊，是君子的气节；马羊虎犬，是忠孝节义；寿星、鹿、蝙蝠和喜鹊，是福禄寿喜；马、猴子、蜜蜂是马上封侯……各种寓意，各种吉利。

日本建筑史学家伊东忠太在《中国建筑史》里说中国人"不问何事，皆富于换骨变形之才"，以中国字音为例，"原系一字一语，其字音之数，不过四百。迨分为平、上、去、入四声，虽同为一音，只因其语气缓急伸缩抑扬之加减，乃发生种种不同之意味，其结果成极多之发音"；推而广之，到中国的建筑，"房屋之装修亦然，绞尽脑髓，而成奇异之花样"。极是。从洪荒时代原始部落的图腾开始，中国人对纹样的追索和膜拜，从未停止。

牛腿于是风靡，竟至成了宅子的颜面。

这样体积的构件，出现在建筑的上部，按说难免蠢笨，但奇特的是，牛腿看上去却不失轻快。炫耀，却炫得恰到好处，难说这到底是算高调，还是低调。

〔二〕

民国初的深澳，富商申屠济成的宅子，即将落成的恭思堂。宅子动工已近十年，眼下已大致齐备。

天井里，年轻的东阳雕花匠抬起头，眯眼细看那只出自他手的、柱子上往正前方斜挑出的牛腿，有点失神。真是活灵活现呢，在天井投下的光线里，它醒目得不容置疑，就是同父亲雕的牛腿并列，也毫不逊色吧。

雕梁画栋，昭示着申屠济成的财富和身份。

申屠祖上从南宋迁移到这里，子孙繁衍，成了当地望族。到了申屠济成这一代，脑筋灵活的申屠济成从经营草纸起家，业务又渐渐扩展到百货，竟成深澳首富。

所以外人是不敢想的。一只牛腿上耗的工时，就要八十个，这五进的豪宅，里面大大小小的牛腿——圆雕的、浮雕的、镂空雕的……就有一百多只，单单人工，就是一个大数目。

雕花匠听着屋檐落下的滴滴答答的雨声。他此后再没见过恭思堂那些出自他刻刀下的牛腿。不过那又怎样呢？牛腿从一块木料里被释放出来，也就成了一个独立的个体。

他不会想到百年后，牛腿会成为游人来深澳的理由，过客穿行在深澳卵石铺就的巷子里，对着他的手艺45°角仰望。村里遛着狗的老先生对着外来客指点：前面右拐进去，雕花很好看的。当然，他没有留下名字。雕花匠的名字是不会留下的。他们只有一个共同的名字——工匠。

深澳距离杭州五十多公里。东北是狮子山和黄山，西南是前山，在山与山夹峙的平坦腹地上，又濒临富春江，背山面水，冬拒北风，见夏承凉，风水一流。

也被打开过一阵子。据说抗战时节，杭州、富阳相继沦陷，水路交通阻断，深澳成了这一带的陆路交通枢纽。商贾由此进出国统区和沦陷区，往来贸易，于是戏院、茶楼、妓院、旅馆一时林立，被称作"小上海"。冷不防还会在村里遇见"戴公馆"——当年国民党军统局局长戴笠训练特工的隐秘地，不过那是抗战结束后的事，那时的老街已渐渐恢复到往日的缓慢。

当年的繁荣景象，在如今的老街上仍找得到影子，油坊、酒肆、点心铺、百货铺、理发店、弹棉花铺，高墙、窄巷、卵石铺就的幽深巷道，青苔爬上了墙，街两旁建筑齐整，大多是民国建筑，各有各的体面。门窗不大能做文章，那立柱上部的牛腿，就成了商铺们攀比的细节所在。或繁或简，果然是不带重样的。

牛腿当然不是豪宅的专属。在江南，那些能彰显身份地位的建筑上——祠堂、书院、官署，比比皆是。

循例，古村落里已不大住人。村民大都在外围盖了新楼，但还是有一些仍旧住在里面。江南的五月，天气说变就变，突然飘下几个雨点来，一个男人的吆喝声起——落雨了落雨了，收衣服了。雨点落到天井的几盆兰草上，鸟停在牛腿上，一忽儿飞走，竹榻竖在角落，谍战剧的声音从屋子里传出来，妥妥的生活。

〔三〕

年轻的雕花匠继续推着手里的刻刀。

他想起初学艺，父亲叫他磨刀，一磨就是一天，完了说，不行，重来。白天磨刀，在一旁看父亲的刻刀下到木头上，滑下去，弹起来；晚上画画。终于开始上手，最多听到的还是父亲那句冷冷的"不行"；还有一句"动动脑子"。他想，什么时候他的动作也能像父亲那么好看？终于有一回，他把雕完的件交给父亲，父亲什么也没说，只是点点头。

后来他成为一个身怀绝技的东阳雕花匠，垂花柱、雀替、牛腿，起初有图纸，渐渐地，图纸也用不到了，画面会自行在脑子里出现。他如今像父亲一样不爱说话。木头里的世界更自在。

那第一个得到父亲认可的雕花件，他一直藏着。是一头少年狻猊，瞪着铜铃大的眼睛，脚踏着一个球，毛发飞扬，威风凛凛。传说龙生九子，狻猊是第五子，形如狮。

曾经有个东家，闲聊时讲给他听过一个故事。说有个姓石的木匠，和徒弟一起到了齐国，见一堆人正围着一棵大树，指指点点，各种赞叹。那树大得惊人，一千头牛在树荫下都不嫌挤，树顶跟山顶齐平，树干粗得，简直能造十几艘大船。石木匠见了这棵树，却"哼"的一声，过去了。徒弟纳闷："师父难道还看不上这样的树?"石木匠微微一笑,卖了个关子,稍后终于对徒弟说:"你想,这树为什么能长成这样?因为这一定是棵无用之树,做船船沉,做房柱速朽,所以才能保全。"

故事如果到这儿结束,也就没啥意思了,无非是又一个精明的木匠罢了。他喜欢这个故事,是因为还有后半段:石木匠回国后,做了个梦,梦里那棵大树对他说:"你这个木匠,不通不通!你说说,什么是有用,什么又是没用?那些能用作木材的,早就被砍了;果树,也被摘果子的人榨干了。就因为'有用',被折的折,砍的砍。我就是看破了这一点,一直在寻找'无用'之道,才保全至今,这难道不是'无用之用'?"

他懵懵懂懂,总也想不明白,但又觉得有趣:究竟什么是有用,什么是无用?那些屋檐下牛腿的雕琢,究竟是有用还是无用?人常赞他手巧,但他日复一日,一刀刀地刻着,是笨还是巧,是有用还是无用?

〔四〕

2016年,纽约的一个画廊邀请陈炜去做展览。去之前,他买了一件白T恤,照例,在上面画上了最喜爱的狮子牛腿,没有颜色,只有纯粹的黑白线条。

陈炜穿着白T恤参加了开幕式。镜头前，狮子威风八面。

关于牛腿的种种，纽约欧琦画廊（Ouchi Gallery）、米兰设计周、大屋顶美术馆、FROM余杭融设计图书馆……大大小小十余场展览，还有陈炜那本拿了2014年度"中国最美的书"奖的《匠心随笔——牛腿》，都源自一幅意外的牛腿画。

佛堂古镇，传说达摩到中国传教的第一站。因为临着义乌江，一直是古商业重埠。义乌江沿岸的那些埠头，盐埠头、浮桥头、狗市码头、猪市码头、官厅码头……名字率性，分工严谨，短短一公里竟有十个——据说当年的江面，浩荡时竟有五百多艘船。因为保留了一片古建筑群，前些年佛堂古镇环境改造，陈炜的团队承担了一个设计项目。

项目进行了两年后，一天烦躁，随手翻着在义乌佛堂拍的牛腿照画起来，用的就是平常写字画草图用的水笔。画着画着就安静下来。

他没想到画牛腿是会上瘾的。后来每天睡前两个小时，总要用一幅牛腿画压阵，好比参禅，抚平一天的皱褶。

佛堂的环境改造设计项目结束后，牛腿画还在继续。从纸上到T恤、扇子、板鞋上，后来似乎抓来一样东西就能下笔，棒球帽、杯碟、耳机、香蕉，毫无违和感。

陈炜在一次采访中说：

我的职业是一名教师。我很享受这份职业。但同时，画牛腿能让我很任性地去做另一面。

一开始我想，我是在做一样无用的事，没有任何目的，很纯粹。但是随着一幅幅牛腿，我找到了一个心理支撑点。今天，作为建筑结构形式的牛腿已经远去；但作为一种文化的精神，它不应该远去。后面的年轻人对传统文化的认知应该是平等的。

起初学生说，你画的是牛腿还是火腿、羊腿？要不要配红酒？后来，学生跟我一起画。

这其实挺有趣的。牛腿一开始是力学的支撑，结构的支撑，到今天，它也许更是一个文化的支撑。

那些无用的事物，有一天也许会显出它们的惊人价值，艺术、音乐、哲学，种种。

（略有改动）

深以为然。

挂落：『傻瓜，是美啊！』

"不为无益之事，何以悦有涯之生？"

英国作家毛姆（William Somerset Maugham）早年的《旋转木马》争议很大。那年他三十岁，刚在文坛初露头角。出版公司接受手稿的态度勉强，果然市场也惨淡。之后，《泰晤士报》登了篇评论，说"毛姆先生……运笔自如，而且发自内心地想为他真正热爱的'美'找到合适的字眼"。评论文章匿了名，后来知道，是出自年轻（且美貌）的英国作家弗吉尼亚·伍尔芙之手。不消说，话是直接冲着小说的结尾去的：

——莱依小姐用满怀笑意的双眼望着他，举起手上的玫瑰并涨红了脸。"是什么？是美啊！你这个傻瓜！"她快乐地叫着，"是美啊！"

伍尔芙写评论时的心情不得而知。哑然失笑？鼻腔里发出一记共振？不过毛姆大约觉得这个评价并无不可。他的小说里一直充斥着这个字眼——轻佻的、纯粹的、崇高的、让人玩命般豁出去的"美"，"使这人生值得一过"。

让人没来由地想起挂落。

这个在建筑力学上毫无实用价值的、廊檐枋下的棂条装饰，是很容易被它的同伴们嗤之以鼻的："花拳绣腿！摆设！"

它却大可以微微一笑："可是，美啊！"

[一]

纽约，2017年。

曼哈顿上东区，大都会博物馆（Metropolitan Museum of Art），217号展厅。

亭檐下的挂落看着虞姬的眼神，觉察到了她的打算。虞姬这姑娘，看不出竟那么血性刚烈。台下，西方的看客们全神贯注，看没看懂不好说，但在曼哈顿上东区的中国院子里看中国京戏，也是相当原汁原味的东方体验了。

217号展厅也就是阿斯特庭院（Astor Court），另一个名字是"明轩"。

挂落觉得明轩这个名字很漂亮。相比之下，总觉得起初不知谁给它取的挂落这个名字，未免有些草率。

不过倒也不妨事，随口有随口的趣味，且也形象。它在廊亭的上部，柱与柱之间，由几根纤细木条纵横搭接着，从檐枋挂落下来，恰似景框的局部。倘不留心，是轻易就被忽略过去的，也可见并非要紧角色。

它也颇自怡，漫不经心地看着周遭的人来人往。他们有时就坐在它下面休息一阵，有的拿出相机一通咔嚓，也有低低的惊叹。

它知道这个地界，绝非美国"左宗棠鸡"之类是纯粹臆想出来的"中国味道"，这里是有原版可寻的：那是在苏州网师园的一处独立院落 —— 殿春簃。

据说那网师园是八百多年前的园子，风景四时变幻，一直是中国园林的标签。园里的独立小院殿春簃，小归小，却乾坤俱全。三十多年前，被复刻到曼哈顿大都会博物馆，物料工匠都从原产地来，用了足足三年。

挂落是很晚才被安上去的。苏州工匠把它按榫卯连接起来，有时候会聊天，时间长了，它就对那个江南殿春簃熟悉起来。"殿春"，是"暮春"的意思，已经快到初夏时节；"簃"音"移"，意思是小屋子，中国古代文人的标准小趣味。它第

148

一眼见着眼前的楠木轩房、曲廊、半亭，就满心喜欢上了。

阳光倾泻下来 —— 对的，此间是奢华的玻璃顶棚，同博物馆其他展区迥异 —— 挂落偶尔会一阵恍惚，以为是在江南。不过旋即回过神来，听说苏州的殿春簃风景四时变幻，这儿没有四季，得恒温恒湿。关于这一点，它有些遗憾。

西楚霸王和虞姬在军帐中生决死别，挂落想起几年前来的那个唤作"丽娘"的江南少女，才十六岁。它对她更多些怜惜。那少女的故事似也是发生在江南的园子里的，十六岁的杜丽娘在檐廊下低低地说："原来姹紫嫣红开遍，似这般都付与断井颓垣。"挂落分明听到一声叹息。

[二]

挂落在江南园林铺陈开来，大约是在明代。既然不能在朝堂上如两宋文人一般指点江山，那种束手束脚的苦闷就只能别寻出口了。加之经济繁荣，明代江南文人的享乐主义也便出了名。

在一幅宋代的佚名画《高阁凌空图》中，挂落疑似现身，公子甲在高阁上临风而坐，看着风景，也成为风景；公子乙、公子丙凭栏而立，远眺，许是"俱怀逸兴壮思飞"着。他们的

上方，楼阁回廊檐下，是宋代流行款式的挂落？

早也罢晚也罢，总之在明代，它便开始低调流行了。

它属于"外檐装修"，同门、窗一样。

用上"装修"这个词，表明它们不属于建筑的主体，属于锦上添花。但门窗的锦上添花是一层意思，因为不可或缺；挂落却是另一层意思。

它所在的地方，且不说要有亭子和迂回曲折的游廊，至少得有大大的庭院，否则无以承受。只说宅子本身，推门而出，一步跨到的是檐廊，得再往前，下几级台阶，才是平地，这一步就有了决定性的意义。

就得一提挂落在廊檐之下的同伴 —— 栏杆。栏杆较之挂落，造型就要丰富多了：有寻常让人倚靠的；有上覆窄板容人一坐，北地又叫"坐凳楣子"的；有斜着往外倚出，不仅能坐，且能靠，名曰"美人靠"的。但栏杆也是自在性子，同挂落呼应着，分隔空间，充当着取景框的另一半。

〔三〕

杭州，乾隆四十九年（1784）。

皇帝是三月到的杭州。过完元宵节不久就从京城出发，一路南下，这已经是他的第六次南巡，对帝国经济文化重地江南，皇帝管得很紧。当然，他也真爱江南的雅致。

文澜阁已经建成。背孤山，面西湖，一流的风水所在。这是帝国以十年之力编成的《四库全书》的藏地之一，北方有四座，称"北四阁"，南方三座，称"南三阁"。

皇帝饶有兴致地登上假山上的趣亭。

趣亭是个四角亭子，不大，皇帝仰头45度，目光聚焦在亭里的挂落上，也许不过是在想着些什么，自言自语了两声"趣亭，趣亭"，随即作了首诗："文源取式逮文津，亦有趣亭栖碧岖。寄语将来抄书者，文澜不外史经循。"

对修《四库全书》这件事，皇帝显见相当满意。

文澜阁的样式，是皇帝当年的御批：就依紫禁城内文渊阁的样式建吧。不过藏书的阁同其所在的园子，细看却是南北融合。文澜阁琉璃瓦覆顶，是低调版的皇家范式，园子却照旧是按江南园林的传统改造的。

眼尖些的人不难发现，文澜阁园子里随处可见的挂落，同京城园子里的都不是一个款。江南的挂落只三边做框，悬垂下来的一边自由发挥。而在京城，紫禁城内乾隆爷看戏的倦勤亭，西北郊的颐和园，随处可见的"楣子"，却是四面做框的，木棂条在框子内组成网格状框心，比江南的多了几分规矩。常常还会在框子两侧同廊柱相接处，安个三角形的花牙子，样式也不繁复，大抵几何纹或卷草纹。

"楣子"，乍听之下，这名字无端多了分妩媚。也许是谐音的缘故，"媚"，"眉"。

不过也有建筑学家觉得，挂落是挂落，楣子是楣子。

楣子虽说和江南园林中的挂落样貌神似，但多少在力学上还有些作用 —— 防止梁柱间发生倾斜。

漫长的建筑史，也许没区分得那么一清二楚。

　　不论是江南园林的"挂落"，还是北方宅子的"楣子"，也无论血缘远近，总归都是几根简单的细木条子，轻轻巧巧地把廊内和廊外间隔开来，透着讲究，却不骄纵。

　　藏着《四库全书》的南三阁如今只剩下文澜阁。文澜阁在咸丰十一年（1861）也遭了火灾，幸而没像其余两座那样被夷为平地。光绪六年（1880）重建时，大致复原了当年样貌，那趣亭的挂落想来也偶尔会同对面御座房廊檐下的挂落聊起当年。

〔四〕

不止园子里的建筑。

清代《御选历代诗余》收了桩故事：

某日，唐寅邀文徵明乘坐画舫出游饮宴，同去的还有祝枝山。吴地风俗，六月二十四日是荷花的生日，称"荷诞"，正是荷花洲渚吟风弄月的好日子。

文徵明太了解这二位兄弟了，事先声明：不与妓同席。唐、祝心有不甘，又很想戏耍一把素来不近女色的文徵明，于是预先藏了二歌妓在船尾——待到酒一酣，掌一拍，船后头歌声传出，歌姬便施施然出来了。

画舫的挂落每每同栏杆聊起接下来的一幕，就笑得不行——文徵明一见歌姬便急了，扒着船栏，嚷嚷着要跳水。

吴越的画舫，如同水上行走的房子，仿制也就不在话下。要是正巧在湖上下个雨，一道雨帘，一道挂落，就更是水软风清得紧了。

仿制不止于此。还有一处更私密的所在。

床。

明代世情小说《金瓶梅》里，三十岁的孟玉楼一出场，二十八岁的西门庆就打定了主意要娶她，薛媒婆的一张嘴起了决定性作用。薛媒婆张口就来："这位娘子……南京拔步床也有两张……"

第九回里也提到过床。那一回中，"西门庆旋用十六两银子，买了一张黑漆欢门描金床"，准备迎娶潘金莲。又买了两个小丫头，一个用了五两，一个用了六两。价格差清清楚楚。但这张十六两的黑漆欢门描金床，同孟玉楼那两张产自金陵的拔步床，全不在一个等级。权相严嵩当年抄家，清单上赫然有六百多张床，打头的是"螺钿雕彩漆大拔步床五十二张"！

拔步床什么样？

简易版，相当于架子床外加一个檐廊，檐廊上有挂落，下有围栏，下了床还是床板，得下一级台阶，才是地板。

至于豪华版，在今天看来简直就是个套房了，高度也同今日的公寓相仿。踏上床板，先进的是空间阔绰的外间，左右桌子凳子，柜子梳妆台，熏炉洁具，一应俱全——乃至还有麻将桌伺候的！

那挂落所见的，又是另一番风景了。

栏杆：
春风拂槛露华浓

"独自莫凭栏，无限江山，别时容易见时难。"

——李煜

大唐天宝二年（743）。

翰林待诏李白正在相熟的酒肆喝到飞起，宫中乐工李龟年忽然到了：李翰林，让我一番好找！

这晚，玄宗乘着月夜，诏太真道士作陪，在沉香亭前赏花。正当春日，沉香亭栏杆下，牡丹开得奔放摇曳：大红、大紫、浅红、通白。（这太真道士，世人更熟悉的称呼，是"杨贵妃"。不过眼下，她还在守戒期内，两年后才能还俗，并被册封为"贵妃"。）

帝国首席男歌唱家李龟年手捧檀板，清了清嗓子，正欲引吭高歌，不意被皇帝挥手叫停：赏名花，对娘子，如何能用旧乐词？

于是便派李龟年来寻翰林待诏李白，填《清平调》乐词三章。

李龟年捧来的还有金花笺。

李白此刻正醉得云里雾里，倒也并不妨事。当下略一思忖，就着金花笺信笔拈来："云想衣裳花想容，春风拂槛露华浓。"李龟年在旁，一见之下，不禁低喝一句：有了！

待李白写完最后那一句"解释春风无限恨，沉香亭北倚阑干"，李龟年已然在脑中默唱了几回。

当下，便捧着词回去了。

沉香亭。帝国音乐学院"梨园"特选的十六天团开始演奏《清平调》曲。玄宗一时兴起，命人：取我的玉笛来！亲自吹奏起和声来。太真此时也有了醉意，斜倚在沉香亭阑干上，听着李龟年的唱词，不时饮一口西凉州葡萄酒，脸颊已然绯红。比手中玻璃七宝杯里的酒更娇艳的，或许是李翰林新填的三章《清平调》词：

云想衣裳花想容，春风拂槛露华浓。

若非群玉山头见，会向瑶台月下逢。

一枝红艳露凝香，云雨巫山枉断肠。

借问汉宫谁得似，可怜飞燕倚新妆。

名花倾国两相欢，常得君王带笑看。

解释春风无限恨，沉香亭北倚阑干。

〔一〕

李白笔下，"春风拂槛露华浓"的"槛"、"沉香亭北倚阑干"的"阑干"，也有被称作"勾阑"的（比如晏小山的"绿勾阑畔，黄昏淡月，携手对残红"），归结起来，都是同一桩物什——栏杆。

两百多年后的北宋，在一个春天里，奉旨填词的柳三变柳永登高凭栏，心情有点忧郁，于是吟了句"草色烟光残照里，无言谁会凭栏意"。

"凭栏"，姿势想想都挺优雅。说来"凭栏意"并非柳永的发明，早些年，北宋大家王禹偁就已经在江南长叹过"平生事，此时凝睇，谁会凭栏意"——不过，柳永的风行度更高。

这旁人领会不得的凭栏意，究竟是什么意？

李白醉眼蒙眬，脑海中所见的是美人的凭栏。那栏杆，大约正是那被称作"美人靠"的，不单面上安了平板可以坐，还在平板的外侧安装了靠背，靠背大多还会设计出曲度，宜人，更宜美人的倚傍。春日迟迟，美人懒懒地往那儿一靠，于是无端生出些感伤，哪怕再是风月无边，再是被君王眼底的笑意萦绕。正是所谓"闲愁"。李白笔下的那一种旖旎风流，竟让后世一些人无端生出猜测：对于倾国倾城的太真（杨贵妃），他难道有非分之想？又继续脑补：所以才有了天宝三年（774，即第二年）李白被玄宗"赐金放还"——李爱卿，你就不必留在朝中了，赐你些钱帛，哪里来的，哪里去吧！

五十年后，白居易在浔阳江头，倒确是同一位绝色女子面对面了一回。所不同的，这女子的风华绝代已是似水流年。嫁作商人妇的女子一曲琵琶弹罢，技惊四座。她整整衣裳，回忆起当年京都名妓的过往，"五陵年少争缠头"，豪门子弟争相打赏以博红颜一笑，如今只是"夜深忽梦少年事，梦啼妆泪红阑干"。白居易此时被贬为江州司马，听罢不禁黯然："同是天涯沦落人，相逢何必曾相识。"

而南唐后主李煜的凭栏，眼前所见更是满目苍凉。李煜看着帘子外滴滴答答的春雨，悲情到无以复加："独自莫凭栏，无限江山，别时容易见时难。"李家的江山已然易主，他也被押解到了汴京，软禁在一个角落。李煜不知道，当他的歌姬唱起"雕栏玉砌应犹在，只是朱颜改"的时候，宋太祖赵匡胤终于对他动了杀机。

也不总是悲悲切切。在岳飞的掌心里，栏杆分明感受到了雄性荷尔蒙的偾张："怒发冲冠，凭栏处、潇潇雨歇。"此时，时间又过了一百多年，大宋半壁江山已归金国，徽钦二帝被俘身在北地，宋室南渡已经有些年月。身为帝国的将领、铁血汉子，岳飞仰天长啸："壮志饥餐胡虏肉，笑谈渴饮匈奴血！"

大人物小人物来来往往，在栏杆前各抒胸臆。它倒也不作呼应。它不过是个配角 —— 或者说，道具、背景。但很奇怪，这个配角、道具、背景，之于主角，却像是一壶够劲儿的酒 —— 再没有建筑构件像它那样，能随时催生起大千世界的情绪来了。

[二]

栏杆也的确只是建筑的配角。

被归到"外檐装修"就能说明问题 —— 它同檐下的挂落、对外的门窗一道，算建筑的外部装饰。

历史却是够长。西周晚期的铜鼎上，已经能见早期栏杆的模样。

汉高祖刘邦当年平叛回来，考察未央宫营建的进度。工程的总负责人、丞相萧何 —— 刘邦最倚重的臣子，被刘邦当场问责："天下匈匈苦战数岁，成败未可知，是何治宫室过度也？" —— 天下至今未平，丞相你竟造出这等规模的宫殿来，是不是有些过了？萧何不紧不慢：陛下，"天子以四海为家，非壮丽无以重威"。

刘邦登时没了脾气。

未央宫究竟如何向四海昭告天子的威望？考古发现，未央宫前殿的夯土台基，至今残存的最高处仍达到十五米。

高台上建筑宫殿，殷商就有此传统，所谓天子，自然离天越近越好，那宫殿的台基也就一点点高起来。楚汉战争时被项羽一把火烧了的阿房宫，台基高度已达十米。到了两汉，继续往上发展。

即便未央宫台基高度就是十五米，换算到今天，五层楼高度，断断不是闹着玩儿的。

用什么遮挡以防跌落？栏杆于是登场 —— 如同英挺的御前带刀侍卫，一纵一横间，通透、爽利，满满的安全感。

汉代的栏杆，形制虽说朴素，纵木为栏，横木为杆，却已然进入人生新境界。一块四川出土的画像砖中，三人驱车马，衣角扬起，疾驰过桥，线条平直的桥栏同丰神俊朗的骠骑一道，赫然透出大汉气象。

〔三〕

　　晚明。苏州人计成在他的书房，埋头细细画下一道Ｓ曲线。

　　计成，明代顶级造园家之一，常州吴玄的东帝园、仪征汪士衡的嘉园和扬州郑元勋的影园，都是他的手笔。一部《园冶》，成为几百年来造园以及研究苏州园林的"葵花宝典"。

　　计成在《园冶》中写到栏杆，语调平直，似乎稍嫌冷淡，只说这些年积攒了些栏杆样式，附上图样，以资参考。

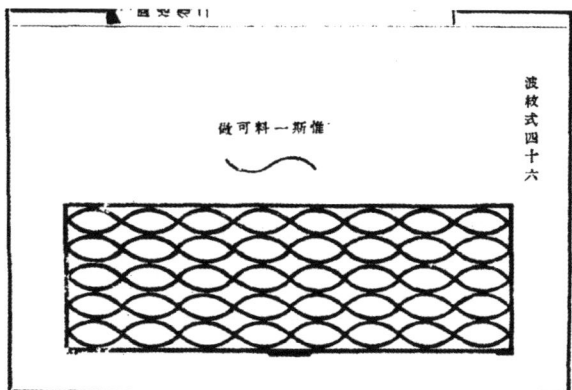

波纹式四十六

做可料一斯惟

娥光式四十八

式四十九

然而，《园冶》三卷，整整一卷给了栏杆，清一色的栏杆图样。

他在S曲线旁注明：只一个构件即可制作。然后，细细地绘下由很多个"S"构成的栏杆纹样 —— 波纹。

按照计成的想法，栏杆的款式大可以随心所欲，因境而变 —— 但一定得简洁，且便于制作。

晚明的奢靡和享乐至上主义，从苏州园林可略见一斑。但这奢靡和享乐主义似乎又是低调的，不是红楼梦里刘姥姥进大观园吃的那一口茄鲞，而是让苏州人张季鹰思归的春天里的莼菜羹。

栏杆在园林里的姿态，亭台楼阁上，回廊水榭边，不正是那应着季节的莼菜，淡淡的，却又风月无边？

它有时同檐下的挂落一道，合成一个取景框，定格下无边光景；有时无比体贴，化身坐凳栏杆，供人随时坐下来，听听风过竹子；再考究些，就装上靠背，等待美人前来一靠；至于"雕栏玉砌"的石栏杆，神色淡定地立在水台、曲桥上，只少了些宫廷的华丽。

在计成眼里，苏州的园林，就应该是"槛外行云，镜中流水，洗山色之不去，送鹤声之自来"，虽是人工，却宛如天成。

［四］

回到北宋那个春天。

汴梁城里的酒店"孙羊正店"热闹非凡，酒楼正门两侧用栏杆围起，那栏杆纵向的椽条直接穿过上部横着的寻杖，以圈出酒店的势力范围 —— 这栏杆有个惯称叫"权子"，据说可以追溯至唐五代。

三层大酒楼，栏杆内的格子门都已经悉数敞开。靠着栏杆喝着小酒，才是汴京的春天、汴京的人生！

京城的酒楼自远不至于此。孟元老在《东京梦华录》里说到的超级酒楼 —— 白矾楼，更是"三层相高，五楼相向，各有飞桥栏槛，明暗相通"。"飞桥栏槛"，可见楼与楼之间已经有了豪华人行天桥。规模？按周密在《齐东野语》里说的，"饮徒常千余人"，那阵仗！

《清明上河图》的另一个酒馆里，有客半个身子趴在二楼包厢的栏杆上，怔怔地出着神。或许已经喝得晕晕乎乎，正好在春日的小风里沐浴一回，又或许正在看着街上的热闹。

按照视线来看，他似乎并不能看到虹桥那边的状况 —— 横跨汴河的虹桥上，已经慌成一团，桥下有大船即将通过，桅杆却还没放下，眼见情势不妙；船工有手忙脚乱放桅杆的，有用撑杆抵住桥洞的；船上乘客模样的，身子慌慌张张探出船栏

张择端《清明上河图》局部

张望；虹桥下的走道同今日杭州运河边的走道如出一辙，也有人扒在栏杆上，也许是拉船的纤夫；虹桥上，路人甲乙丙丁趴在桥栏两旁指指点点；也有人放下绳索，也许是企图同船工配合，把船拉往另一个方向；甚或有翻过桥栏，踩在虹桥边沿，反手扒着桥栏的，是在做最坏的准备，万一桅杆真撞过来，就合力将其推开，以确保桥的无虞？

而在汴梁的另一隅，临风喝了一壶的柳永正凭栏倚望，惆怅着他的惆怅：

伫倚危楼风细细，望极春愁，黯黯生天际。草色烟光残照里，无言谁会凭栏意?

拟把疏狂图一醉，对酒当歌，强乐还无味。衣带渐宽终不悔，为伊消得人憔悴。

花街铺地：
春从何处是

每一颗卵石都有自己
的位置。

鹅卵石的自白：

我后来才知道，我的新居所，是个大人物的园子，叫香草垞。园子似乎是他一手设计的，此间的一切都还粗糙时，他便时不时前来，左右看看，偶尔指点指点工匠：卵石的大小疏密再错落些，切勿过于齐整，碎瓦片斜斜地砌边，春夏雨季一来，青苔就会茸茸长出来，又清新，又有古意。

我明白他的意思：要精心得漫不经心，别致得不动声色。

大人物名叫文震亨，长身玉立，眉宇间透着几分清高，据说有个极出名的曾祖 —— 文徵明。我在的地方，是一个池子边，池边有柳。另一旁是玉局斋，大约是他的书斋，窗子边种着细竹。园子建成后，他便常常在书斋里一坐半日，读书写字，有时候对着窗外出神。也有朋友来，在我边上散步，从曲桥去池中的亭子，喝喝茶，聊聊天。

我？就叫我鹅卵石×吧。

如你所知，石头圈也是分三六九等的。上等的，女娲挑去补了天；略不济的，去贾府走了一回，做了十几年富贵公子；也有在太湖里过着好好的日子，忽然一日被打捞上来，作为生辰纲运往京城、皇帝公卿的宅院的，据说还闹出了些个惊天大案来。至于我，一颗不起眼的小石物，貌不惊人，身世寻常。

虽平常，倒也并非不值一提，毕竟"石者，天地之骨也"，我也是有过些故事的。

最早的年月，我安安稳稳地待在山上，岁月静好。忽一日，一阵地动山摇，还搞不清状况，我便从岩上碎开，落到了洪水里，那种惊心动魄，至今想来还心有余悸。但随即，我的石生进入了一个新阶段。

我开始了流浪生涯，随着河流去了很多地方，过着一种从前做梦都不曾想过的石生。忽忽千年，我也渐渐变了一副模样：照旧是青黑肤色，却圆润了许多，曾经的桀骜都被河流磨平 —— 不过我觉得，棱角这东西，藏在心里也无不妥。

我以为会一直流浪下去，又忽地一日，正在河滩晒日光浴的当儿，来了一些人 —— 我的石生再次翻转。

我被运到这个封闭的园子里，方池边。那日，不明就里的我被一只手拈起，那双眼睛同我对视了短短的一刹那后，我被侧身半插入沙泥，一个小锤子在我身上轻敲了两下。此后，我重又开始了纹丝不动的石生。

命运这回事，有点儿意思。

在香草垞，不觉四时变幻，翠云草在我周围枯了又绿，日子惬意。视野虽不如从前开阔，倒也别有天地。

[一]

在想为后世留下"当年苏州原本样子"的文震亨看来，"宁必金钱作垙，乃称胜地哉？" —— 拿银子豪砸就能砸出胜地来？呵呵。

文震亨的香草垞早已消散在岁月里，明代江南园林的卵石铺地却有些许流传了下来。

铺地的历史，说来早在先秦就已经开始。虽说那大抵还是个素土朝天的时代 —— 把土夯实，铺上席子，席地而坐（在这个意义上，席子可算是铺地材料的远祖）—— 但出土的东周地砖上就已经出现了花纹。

至于南方，相传吴王夫差别出心裁，在灵岩山上为西施修建馆娃宫，宫里有"响屧廊"（屧音"谢"，意为木屐），据说是将廊下岩石凿空，铺上大缸，在缸上覆上木板，于是穿着木屐的西施走在上面，便清脆作响，有如木琴声。吴王夫差对待美人，也可谓无所不用其极。

用砖石铺路，一直要到宋代富庶的江南才开始普及；也是江南，大致是明代中后期，营建私家园林的风潮开始席卷之时，那种用石子碎瓦铺就的"花街铺地"开始出现了。然后，便开始走出私家园林，在热闹的城镇乡间蔓延风行。

花街铺地，指的是以碎石、卵石、砖、瓦这些个材料铺砌成地面。虽是零碎小料，却能铺出好似锦缎一般的纹样，风格各异，境界各异，组合不同，变化无穷。又因为有极好的透水性，尤其适合湿润多雨的江南。

《齐东野语》里说南宋杭州的私家园林"有藏歌贮舞流连光景者，有旷志怡神蜉蝣尘外者，有澄想遐观运量宇宙而游牧其寄焉者"，有走华美风的，有走隐士路线的。

但若论奢华讲究，终究还是要到明代中后期，士大夫、文人们把一腔狂热放在园林的营建上——城市中的一方天地，被他们目为远离世俗的林泉，所谓精神家园。于是在园林中所经营的一切，都是在建造自己的理想国。

至于脚下的路，虽极少单独拿出来说事儿，却也从不等闲视之。

〔二〕

文震亨在《长物志》里写道："驰道广庭，以武康石皮砌者最华整；花间岸侧，以石子砌成，或以碎瓦片斜砌者……"可知对于路的功能性划分，明人一点儿不含糊：往来频繁的地方，路面顶好平整，坚固耐压，当然石面也须有一定的粗糙度，以保雨天不湿滑；花间小径，就可以玩玩情调了。类似的理论，计成在《园冶》里也讲了："花环窄路偏宜石，堂迥空庭须用砖。"

不过也不尽然。

网师园中的独立小院殿春簃，庭院中就是整片的卵石铺地，铺成渔网纹样，对"网师园"来了一个清清爽爽的呼应 —— 渔隐？渔隐。纽约大都会艺术馆后来把殿春簃复制到曼哈顿上东区，大都会的217号展厅，取名"明轩"。花街铺地却没有原样复刻过去，只用砖拼成方块，再铺斜纹，瞬间朴素了许多。用卵石，太费心力。

卵石碎砖瓦铺成海棠纹、万字球纹、冰纹梅花、长八角、攒六方之类，自然是花园小径常见且不失雅致的做法。但也免不了希望讨个彩头的 —— 在铺地中嵌入蝙蝠，寓意"福"；鹿自然是"禄"；鹤是长寿；蝴蝶是多子；至于套钱，不必说，"财源滚滚"。

当然，未必事事遂人愿，比如位列四大名园之一的苏州拙政园。当年御史王献臣弃官回乡，营建他的园子，借用西晋潘岳《闲居赋》里"筑室种树，逍遥自得……灌园鬻蔬，以供朝夕之馈……此亦拙者之为政也"（有屋有树，能种菜自给自足，这就是我等拙人的"政"了）的理想人生境界，给园子取名"拙政园"。园子建成不久，王献臣就故去了。不承想其子一夜豪赌，竟把家产输了个精光，被扫地出门，园子就此归了阊门外下塘徐氏——走在拙政园铺着套钱纹的小径之上，也是一声叹息。

话说回来，拙政园的套钱纹铺地究竟是不是最初的设计，不好说——似乎有违王献臣"拙政"的初衷；何况当年参与园子设计的，还有性情一等一恬淡的文徵明。

按名士王世贞的记载，徐氏接手拙政园后，"以己意增损而失其真"——很由着自己的喜好对园子改头换面了一番。这位徐园主何等样人，徐氏后人有叫徐树丕的，后来写书记述叔祖如何出老千赚取拙政园，大致可以揣度一二。

而在同样是一流造园家的计成看来，纹样问题，不可随心所欲。淡雅的纹样，可；那些个鹤啊鹿啊狮子滚绣球之类的劳什子，则太可笑。计成在《园冶》的开篇也讲了，园林的营造，正所谓"三分匠，七分主人"。

计成能书、工诗、善画，又是旅行家，喜欢搜奇，依循的也便是经典的文人造园。在他手里，这鹅子石铺就的小径，往往是不经意间的点睛，于是"莲生袜底，步出个中来；翠拾林深，春从何处是"。

让人忽然想起了雨巷里，那个丁香一样的姑娘。

今夕何夕

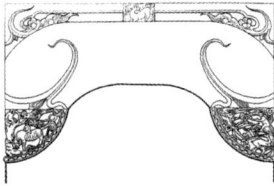

月梁 —— 晏殊眼里的
高级。

北宋年间有官员李庆孙，那日写了句诗，"轴装曲谱金书
字，树记花名玉篆牌"，大致描述了一下个人喜好：曲谱必须
要用卷轴装裱，所书文字须得烫金；花名册要用正式的，得郑
重其事，并配以玉牌。李庆孙的这首诗，名字很直白 ——《富
贵曲》。

李庆孙二十四岁考中进士，还是个探花，说来当时也是
颇负盛名，嘚瑟一下也不是什么大不了的事。偏偏，这诗被
十四岁就赐了同进士出身的晏殊见着了。

读罢，晏殊笑了："此乃乞儿相，未尝谙富贵者。"

晏殊的意思，千年后鲁迅在他的一篇名为《人话》的文
章里也提到过：

是大热天的正午，一个农妇做事做得正苦，忽而叹道："皇后娘娘真不知道多么快活。这时还不是在床上睡午觉，醒过来的时候，就叫道：太监，拿个柿饼来！"

晏殊是北宋时著名的太平宰相，文才出众。若不点明他的家世背景（父亲不过衙门里的小吏），大概会把他当作标准的世家子弟，格调品味都在线。他对李庆孙的评价，刻薄也是有点刻薄：披金戴银，貌似高端，不过一脸的乞丐相。

那么晏殊所谓的高级是？

按《石林诗话》里的记录，晏殊"日以饮酒赋诗为乐，佳时胜日，未尝辄废也"——终日饮酒赋诗，好不自在！这一日春宴正好，一双归来的燕子，绕着画堂上的虹梁，流流连连，在他看来，说不出的曼妙。于是晏殊提笔写下：

双燕归飞绕画堂。似留恋虹梁。清风明月好时光。更何况、绮筵张。

高级感，晏殊说，是一种气象。

那么问题来了：燕子绕着画堂上的"虹梁"飞，怎么就不动声色地透出了高级感来？

"虹梁"还有一个名字——月梁。

作为中国木结构建筑中最主要的构件之一，"梁"对于中国人来说，实在熟悉不过。盖房子，要喝过广而告之的"上梁酒"，新房才算正式落成；小说里，重要的物件，比方皇帝的遗诏、失落的武林秘笈、顶顶值钱的珠宝重器，最终总会在梁上神秘出现；最核心的人物被称为脊梁、栋梁；至于各种掌故，什么歌声绕梁三日、书生悬梁刺股，更是不胜枚举。

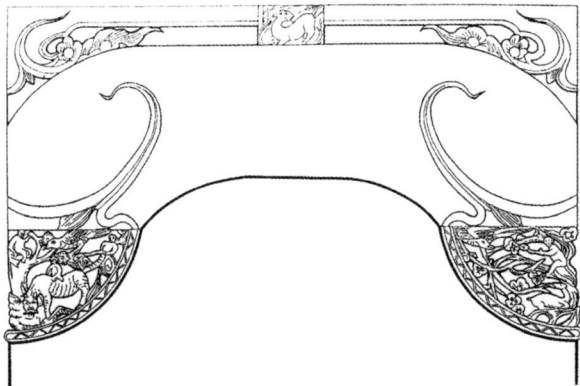

月梁（楼庆西《雕梁画栋》）

虹梁（月梁），对应的是"直梁"。一个"虹"（月）字，足以让它的形态呼之欲出 —— 梁面弯曲，如虹，如新月。

比晏殊晚些时候，另一位文豪黄庭坚还写过一篇《出宫赋》：

> 翠盖龙旗出建章，莺啼百啭柳初黄。
> 昆池水泮三山近，阿阁花深九陌香。
> 径转虹梁通紫极，庭含玉树隐霓裳。
> ……

皇帝从建章宫出来，一路莺啼花香，山山水水，接着"径转虹梁通紫极，庭含玉树隐霓裳" —— 转过虹梁，銮驾往紫极宫行进，庭中树木幽深，銮驾一行时隐时现。

黄庭坚写的不是他所处的北宋，而是他想象中的西汉长安城。在那座精美雄浑如此的皇城中，虹梁的地位相当稳固。不止稳固，它或许已经成为一个符号。

在黄庭坚的年代，虹梁的称呼其实已经改换成了"月梁"。但人们似乎还是乐于延续汉代的习惯。自古亦然 —— 过去的岁月，总是看来要更高级一些。

就得说说"虹"这个字。

殷商人的甲骨文里,"虹"是这副模样的:一道拱,拱的两端并无二致,那形状,被解读成两个张着巨口的龙头,一左一右。

龙是虹的化身,抑或虹是龙的化身?对于学者而言,这是个可以讨论一番的问题。无论如何,这条没有首尾之分的"双首龙",将在日后成为众多传说的源头。

东汉的大史学家班固,那日怀想前朝,信笔写下"因瑰材而究奇,抗应龙之虹梁"。这个在今人读来不乏拗口的句子,呈现的是班固脑海中的西汉都城长安。城中遍布雄浑的宫殿,那宫殿由瑰丽的材料构建而成,充满了奇思妙想,宏大壮观。宫殿的上方,横卧着如应龙一般的虹梁。

甲骨文「虹」

应龙。班固说。

不错。能匹配虹梁的龙，自然须是修炼了千年、非同凡响的应龙。在汉代人眼里，这是一种战斗力超群、长得也够仙的神兽："天有九龙，应龙有翼" —— 它还有翅膀。并非所有的龙都有翅膀，修炼了五百年的角龙就没有。

在众多郑重其事的记载 —— 比如《山海经》和《史记》中，黄帝部落当年与蚩尤部落展开权力争夺战，应龙起了关键作用。"应龙处南极，杀蚩尤与夸父，不得复上，故下数旱。旱而为应龙之状，乃得大雨。"（《山海经·大荒东经》）——下凡的应龙助黄帝歼灭了蚩尤与夸父，这才有了后来中国的格局；战斗过后，应龙体力消耗过大，再无力回到天界，于是凡间又遭了殃，没有应龙行云布雨，下界大旱；于是民间百姓只好在大旱时节扮成应龙模样，塑个应龙的泥像，别说，还真有效。还有传说，应龙日后还立下奇功，以尾画地成江，协助大禹治水，并擒获了水怪无支祁。—— 可谓专业的龙做专业的事。

由此，不难想见虹梁的显贵地位 —— 那是应龙的化身。

所以，"双燕归飞绕画堂。似留恋虹梁"的情形，哪里是寻常人家能见到的？

幸而保留下了中国建筑史上的那本奇书 —— 北宋李诫《营造法式》，我们得以了解在做什么都讲究不过的宋代，中国高级建筑的模样。

在《营造法式》的大木作侧样图中，直梁派和月梁派都被细地描绘下来。

也是在宋代，虹梁正式更名为"月梁"。

宋代以前的大型建筑，裸露在明处的梁大多采用月梁。比如那日当梁思成、林徽因一行步入山西五台山佛光寺东大殿，虹梁赫然在列，线条优雅的虹梁撑起东大殿巨大的庑殿顶，一撑就是千年。

不过宋代之后，北方重要建筑开始多用直梁，到了明清，北方官式建筑中已不再使用月梁，直梁几乎成为唯一形式。而在南方，月梁形制则一直保留了下来。

这自然关乎南北性情上的差异，北方崇尚古朴端庄，南方偏爱精巧华美。不过，也有地理上的原因。江南天气炎热，殿堂厅馆基本都不做天花，而采用"彻上明造"的做法 —— 简单说来，就是让屋顶梁架结构完全裸露在外，这种做法最大的优越性在于，便于散热；另一方面，人一进入建筑内部，一抬头，便能看见建筑物顶部的梁架结构，够不够考究，一目了

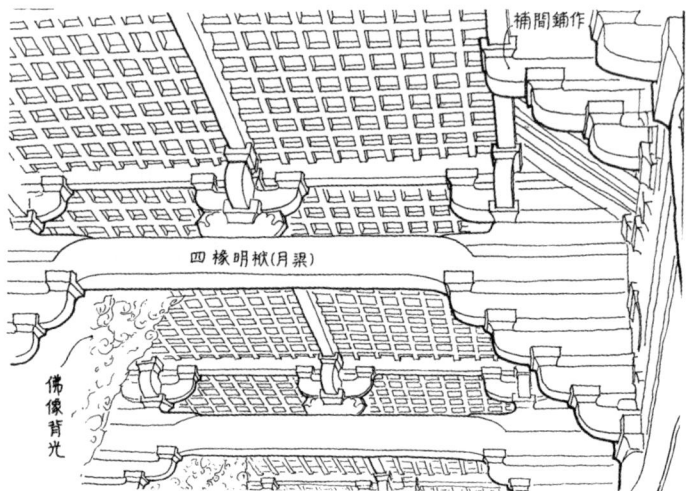

補間鋪作

四椽明栿(月梁)

佛像背光

佛光寺唐代东大殿的月梁（梁启超《中国古建筑调查报告》）

然。如此一来，月梁在江南也就有了更大的生存空间——美，从来都至关重要。

这一类建筑，有一个专有名词——"月梁造"。《营造法式》就有专门讲到"造月梁之制"，对梁两头的向下卷杀、梁中段的向上起䩚（音"凹"）的分寸都有明确的规定。

"䩚"就是凹，说的是月梁向上的凹进；"卷杀"则是说中国古代建筑中，将某构件或部位的端部做成缓和的曲线或折线形式，也就多了几分柔和明媚。

直到今天，月梁在江南依旧常见，有一些是用自然弯曲的木材做成的，更多的则是费了大心思。厅堂中、廊檐下，长短不一，弯曲程度各异，再细细地雕出云纹、卷草纹等各种纹样。

最经典的纹样，是顺着月梁两肩卷杀的弧线延伸到梁的垂直面上，雕出一道弧形刻纹，刻纹由梁头下端向上翻卷，渐行渐细，被称为"虾须"，又称为"龙须"。龙须经过工匠之手，越来越富于变化，柔中带刚，富有力度。"在这小小的梁枋身上，我们又见到了汉代漆器上花纹和敦煌石窟唐代壁画中飞仙衣带所表现的那种神韵。"（楼庆西《雕梁画栋》）

力学上，中央向上拱起，整体略带弯曲的梁比平直的梁更富弹性，有更强的承受力；视觉上，那一道弧度呈现的，是中国传统的建筑美，也是中国的哲学。

[四]

那阕晏殊的自度曲（自己谱的曲调）"双燕归飞绕画堂，似留恋虹梁"，因为意境实在旖旎，不单让宋词的词牌生生又多出了一个"燕归梁"来，更引得文人纷纷效仿。

南宋李从周的词"双燕立虹梁。东风外、烟雨湿流光"，阳枋的诗"莫问虹梁春燕入"，都是一目了然的意象移植，或曰"致敬"。

明代的大才子杨慎，就是写了"古今多少事，都付笑谈中"的那位，大约也是读过晏殊的这阕词的，却是有着另一番表达。他写"青云临鹿苑，焕景入虹梁"这年，依旧在翰林院过着自己理想的读书人的生活，为皇帝讲论经史，修修史书；历任两朝首辅（宰相）的父亲杨廷和依旧深受皇帝信任，频频催其入馆阁任职；弟弟杨惇刚考中进士。那个春天的傍晚，杨慎坐在书斋前，看着虹梁之上的光影变幻，心下一片澄澈。

斗拱：四两，拨千斤

南宋院画家刘松年笔下，高士正端坐榻上发呆。他的视线显然已经越过正前方那张一丝不苟的长案，和案上一字排开的花瓶、书和香炉，不知落到了院子的哪个角落。长案前的格子门已尽数打开，或者索性被卸下了，这样的落地长窗真是让人既羡且妒。

看客既然可以看到这一幕，就知道正对着画外的那一面，也是全敞开着的，也是格子门 —— 事实上屋子的四面墙都是可以拆掉的。这么一来，一所大宅子简直能火速化身成片的亭子，同院子唯一的区隔，就只剩下高出两踏步的台基和四围的木头柱子了。

这是南宋都城临安的秋天，宜放空。童子在后屋认真地

刘松年《四景山水图》之"秋"

煮着茶。

固然是中国画里常见的套路，但中国早期的宅子，的确是可以摒弃砖石墙的。这与今日的经验全不相同，外墙不是用来承重的，只是为了遮风挡雨 —— 双层中空油纸格子门，效果未见得差。所以就算把外墙都拆了，木结构建筑照旧会体面地站着，一如宽袍大袖、目光悠远的高士。

还是南宋的临安，作为补充，另一位院画家马远画了一座更宏大的建筑 —— 宫殿。

有说这是一次寻常的上元节皇家宴会。也有说这是为去金国求和归来的礼部侍郎史弥远办的接风洗尘宴 —— 画上的题诗开篇写着"朝回中使传宣命"。题画诗则有可能是史弥远的同谋杨皇后所写；不久前，他们诛杀了开禧北伐失败的韩侂胄，并将首级送往金朝。若果真如此，这场晚宴也真是如殿外的天色一般，让人心绪复杂。

宫女在殿外起舞，臣子在殿内举杯。米粒大的身形是宫殿规模的注脚，至于殿墙，照例是可以自由开启的木格子门。

这样规模的建筑，是如何被支撑起来的？玄机就藏在画

马远《华灯侍宴图》局部

中屋檐下的格子横披后 —— 斗拱里。

位于立柱与横梁间的斗拱，像关节，在弹性中传递压力，也化解一部分压力。于是才能荷载起中国建筑那道神秘的曲线，荷载起那巨大、沉重，却无比华丽的屋顶。

〔一〕

关于斗拱的起源，建筑大师梁思成的这段叙述，一目了然：

> 我们的祖先在选择了木料之后逐渐了解木料的特长，创始了骨架结构初步方法 —— 中国系统的"梁架"。在这以后，经验使他们也发现了木料性能上的弱点。那就是当水平的梁枋将重量转移到垂直的立柱时，在交接的地方会发生极强的剪力，那里梁就容易折断。于是他们就使用一种缓冲的结构来纠正这种可以避免的危险。他们用许多斗形木块的"斗"和臂形的短木"拱"，在柱头上重（叠）而上，愈上一层的拱就愈长，将上面梁枋托住，把它们（的）重量一层层递减地集中到柱头上来。这个梁柱间过渡部分的结构减少了剪力，消除了梁折断的危机。这种斗和拱组合而成的组合

物，近代叫做"斗拱"。　　　　　（《中国建筑的文法》）

一块方斗，一块弯拱，斗上置拱，拱上置斗，斗上再置拱，竟就生出了万千变化来。就在榫与卯的相互咬合、相互支撑间，小构件变换出各种绵密的组合，构成了大构件，以四两，拨千斤。

应县木塔是最佳证人。

众多古建纪录片都把镜头对准了这座建于公元11世纪（1056年）的佛宫寺释迦塔——俗名应县木塔。它是全木结构，高度却达到了67.31米，相当于今天二十多层的高楼，没有一钉一铆，全榫卯结构。

为此，八百多年后（1922年）建成的广州"城外大新公司"——民国初建成，12层钢筋混凝土结构建筑，高52米，当时号称"中国第一高楼"——也要道一声"惭愧"。

还不止。

应县所在的山西桑干河平原，自古多妖风，多地震，建筑也便是清一色的低矮低调。九百年中，妖风把大树连根拔起，七级地震震倒了无数低矮的房屋，应县木塔回回让人担忧，却回回屹立不倒，独立苍茫，有如旷世高手。

梁思成之后，又有一批接一批的古建专家到来，考察"旷世高手"斗拱。

榫卯在强震中不断地发生错位，在错位中不断吸收着强震的能量，见招拆招，一如千年后的阻尼装置。他们之间的关系是那么的恰到好处，既亲密，又彼此留有空间。正是这种分寸，卸掉了来自外界的压力，很有点陶渊明说"纵浪大化中，不喜亦不惧"的淡定。

木塔中的斗拱共四百余朵，按梁思成的记录，上下内外共五十七种不同的种类，以适应结构上的不同需求。这等规

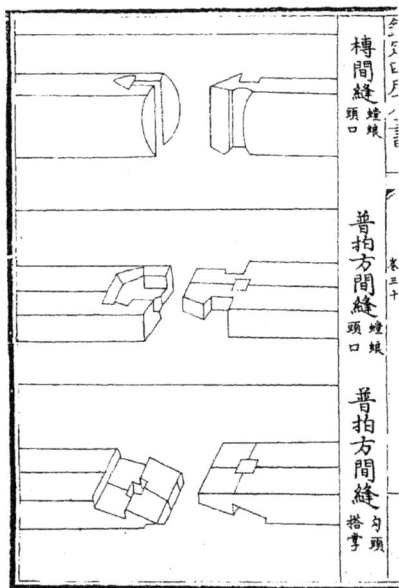

李诫《营造法式》中的榫卯

模，后人称"相当于一个断代的斗拱博物馆"。问题来了：辽国当年如何能造出这样规模的木结构建筑？毕竟是游牧民族。所以有人推测：辽国当年在唐末战争中虏获的"俘户"中，可能有一批手艺高超的木匠。

北宋的《营造法式》里，一组斗拱被称为"一朵铺作"。"一朵"，听起来不乏柔情蜜意，也许是宋朝人在暗示其中的中国式哲学 —— 刚柔并济？

〔二〕

说起斗拱的历史，根据文献记载，秦汉以前就已经出现。今天读来，那些语句佶屈聱牙，什么"山节藻棁"，"层栌磥垝以岌峨，曲枅要绍而环句" —— "山节""层栌""曲枅"指的都是斗拱。

东汉墓穴则出土了实物：墓阙、壁画上，都可以看到早期斗拱的影子。

而斗拱日趋成熟，并演化成一个复杂而稳定的受力体系，要到唐代。

陈凯歌导演的《妖猫传》里，有一个寝宫镜头：殿内巨大的立柱上，斗与拱重叠往上，上一层，叠拱就愈长，像小孩儿叠积木，最后把上面的梁枋托住。这形制，大明宫当年大概是没有的，充满魔幻色彩的《妖猫传》可以有 —— 美术指导陆苇说，很多年前，他就想做一个斗拱装置艺术，用这个纯粹的东方建筑形式来构造一个超现实的空间。

这也是现代人对于唐代建筑的致敬，不妨笑纳。

至于其蓝本，大明宫 —— 显赫无比的大唐皇宫（据说是紫禁城的四倍），其总设计师据推测是帝国的将作大匠阎立本 —— 阎立本不是那个画《步辇图》的宫廷画家么？闻此，今人大概要拱手惊叹："失敬！跨界天才！"但在那个天马行空的时代，也是寻常。

所以日本对唐代建筑的膜拜，早在唐初在白村江之战中被唐军大败后就已经开始。

当日本遣唐使进入大明宫，第一眼见到坐落在三重高台之上、如翚斯飞的含元殿时，不知内心经历了什么。他们的做法很直接：奏请天朝，带走一批大唐工匠。准奏。大唐工匠于是到日本，仿照长安城的形制，主导了日本都城平安京的营造。日本天皇的皇宫平成宫，就是含元殿的微缩版。

两宋的建筑继续着巅峰状态，如同两宋的美学。不过是少了一分豪迈，多了一分优雅。屋面照例平缓，出檐深远，却有了轻灵的姿态 —— 屋顶线条开始向上弯曲，像是姑娘嘴角扬起的浅笑。

因为建筑规模的缩小（木材日益减少），宋代斗拱的尺寸也随之缩小，但形制一脉相承自唐代。一朵朵组合精密的柱头铺作、补间铺作、转角铺作，照旧是又要能干，又要美。

北宋徽宗赵佶，中国赫赫有名的三流皇帝兼超一流艺术家，在他的《瑞鹤图》中描绘了一次祥瑞事件：都城汴梁，丹顶鹤们飞翔盘旋于端门、宣德门城楼之上。宫殿被云气缭绕着，庑殿顶下，斗拱层峦叠嶂，绵密细致。

这种建筑形式，甚至延展到富庶城市的普通建筑——在

赵佶《瑞鹤图》画心

两宋的绘画中，比比皆是。

所以明清两代，斗拱结构功能的急流勇退，不免突兀。

梁思成、林徽因当年在山西古建筑考察中，曾在汾阳见到一座古怪的寺院，大约是明代重修的，下檐前的斗拱，竟然是同柱头脱开的。斗拱结构意义的彻底没落，让人猝不及防。

紫禁城，明永乐年间建成的太和殿，两朝帝国的权力中心，出跳深远的飞檐已不见，除了柱头上的斗拱还担负着结构功能，柱间额枋上那些色彩明艳的斗拱已成了装饰品，其存在的价值更在于象征意义——有多精细繁复，就有多尊贵。

斗拱们又作何感想？千年岁月更替，它们或许倒并没有那么多伤感。回首向来萧瑟处，也无风雨也无晴。

[三]

我想象1937年春夏之交，当梁思成第一眼看到佛光寺东大殿，看到足有立柱一半高的雄大斗拱时的表情。夕阳的光恰恰打在他年轻的，混合着虔诚、执着、骄傲的脸上。他想，这回应该是了。

他和林徽因，还有营造学社的两位助手莫宗江和纪玉堂，一路骡车转毛驴，就是专程来找一个答案的：中国到底还有没有唐朝木构建筑？

所有的大片里，重要事件必须发生在一个至为特殊的节点上。

他们辗转在五台山台外的山路上，身边有时是峭壁悬崖，有时护送的地方警察得先到高处，同远处的土匪遥遥打个招呼，意思是"通融通融，借条道"。这时距离卢沟桥事变还有一个月。所以真实的生活才是最富戏剧性的存在。

在此之前，日本建筑史学家关野贞在论文中声称：中国已经没有唐代及以前的建筑，要研究唐代建筑，只能去日本。

此事固然事关一口胸中闷气，但对于建筑学者，找到唐代建筑的意义，远不是为了出口气 —— 唐代是中国建筑史上一个至为关键的节点。

"一个东方老国的城市，在建筑上，如果完全失掉自己的艺术特性，在文化表现及观瞻方面都是大可痛心的。因这事实明显地代表着我们文化衰落，至于消灭的现象。"梁思成后来写。

1937年的中国，建筑的现代化已经是大势所趋。但彼时的梁思成不会想到，他此生会目睹那么多中国建筑的美的消散。

而那个春夏之交，大概是有神明庇佑的，否则那梁高达两丈余，表面又有新刷的土朱，林徽因怎么还能看到"隐隐约约有字"？ —— 就算她是远视眼。

梁思成也是这么想的。所以他说，一千年前佛光寺的施主是位女性，今日发现佛光寺唐构秘密的也是位女性，大概是冥冥中注定。

此后山西又发现了三座唐代木构建筑：南禅寺、天台庵、广仁王庙。其中南禅寺的建造年代早佛光寺几十年，但都是山村小庙的规模，只有佛光寺，是标准的殿堂式。

他们是在一周后离开的。回望佛光寺东大殿，五跳的雄大斗拱支撑起舒展的屋顶："在这里，是斗拱而不是屋顶塑造了建筑的形象，中国古典建筑中的斗拱艺术在佛光寺发挥得登峰造极。"

这是宋以后的木构建筑中全然不见的古朴与大度。"雄大"这个形容词，绝不仅是用来指这个时代的斗拱、这个时代的建筑，更指向这个时代本身——君不见黄河之水天上来，奔流到海不复回？

[四]

那天在朋友家，看到两个小孩儿正围着一堆素色的木块拼拼装装——竟然是一组角科斗拱。玩了很久，似乎并没成功，但乐此不疲。

是某天看了个纪录片，就一直嚷嚷着好玩，朋友在网上找，竟买到了几组不同构造的。于是这几天把乐高玩具甩在一旁，主攻斗拱。

据说乐高是建筑师和未来的建筑师最爱的玩具之一。那么斗拱呢？

有点意思。

往往有些发力，在暗中，而非明处。

垂花柱：何陋之有？

明正德三年（1508），贵州龙场驿忽然到了个三十来岁的新驿丞。

当地苗人、仡佬族人不知这汉人什么来头，语言又不通，有如鸡同鸭讲。不过山高路远，来到这中原人口中的蛮荒瘴疠之地，多半是被朝廷发配来的。

新驿丞倒也是个通达的。没地方住，就在附近龙冈山找了个石洞住下。那石洞阴暗潮湿，驿丞却乐得幽深清净，于是读读书，授授课，顺手在洞周边开辟出一块地来，种起了菜。乡民一瞧，这先生有点意思，少不得来走动，也是相处愉快。

这新驿丞，正是后来在此间悟道的大哲 —— 阳明先生王守仁。

话说两年前的除夕前几日，六品兵部主事王阳明上书皇帝，企图营救南京的二十余位同僚，深深得罪了宦官刘瑾。刘瑾权倾朝野，王阳明于是下诏狱，廷杖四十，成为中国有史以来第一批被脱了裤子廷杖的大臣之一，竟侥幸活下来；诏狱中自生自灭，又侥幸挨过；发配贵州龙场，再侥幸躲过刘瑾派出的刺客追杀，还在路上收了几个弟子。情节堪比武侠小说。

终于到了龙场。

乡民质朴，对这先生又颇有好感，于是合力，伐木在龙冈山上给他盖了个屋子。王阳明在边上栽上松柏修竹，种上花花草草，摆上琴书图册，开馆传授儒家经典。不久，这里居然成了文人学士熙来攘往的地儿，学生里还有相当的夷人子弟。

新居取名"何陋轩"，想必简陋。子曾经曰过："君子居之，何陋之有？"

何陋轩原本什么模样，让人好奇 —— 如今的何陋轩，庑殿顶、翼角起翘，相当气派，是清代重建的，那时节，王阳明早已是圣哲。

贵州山地山高坡陡，房子大抵依势而建。地基开挖不容易，气候又潮湿多雨，地气太重，所以苗人最爱的建筑，是一种两层小楼，下面是几根支撑的立柱，撑起二楼的房子，下面走人畜，二楼住人。有了这么一层架空层，二楼便又干爽又通风，冬暖夏凉。正是传说中的"吊脚楼"。

外人看来总不免有些心惊，以为几根立柱撑起了一个屋子，很有些遗世独立的高人调调。但高大威猛的立柱知道，他还有靠谱的帮手 —— 这位兄弟，名曰垂柱。

[一]

一眼看去，垂柱貌似花瓶般的存在，并不打算为建筑出半点力。

半截柱子，垂到半空，戛然而止，几个意思?!"垂柱"这个名字之于它，可算是当之无愧的名副其实。

非也非也。

往往有些发力，是在暗中，而非明处。

半截垂柱的下端，与梁枋有一个连接处 —— 榫卯相接。因为这一连接点，垂柱承受的从屋顶向下传递的重力，就能均匀地分散到下部的整个梁柱结构中，由此撑起吊脚楼的怡然自得。

在王阳明的诗里，何陋轩"开窗入远峰，架扉出深树。墟寨俯逶迤，竹木互蒙翳"，似乎还挺能同当地绵延了千年的建筑对号入座一下。

还是在贵州龙场，另一种汉人的聚居地 —— 屯堡，垂柱则显出另一副更考究的模样。在那里，它更习惯被叫作垂花柱，或垂莲柱。

屯堡，其实就是明王朝的屯军驻地。洪武十三年（1380），云南叛乱，朱元璋派出大军征南。叛乱平定后，朱元璋随之设立屯田戍边的卫所制度，于是大军就屯驻在西南各处，确保帝国疆域的一统。

一个屯堡，小的百户所，大的千户所，少不得要建造房屋。六百年后，这种明代的建筑和明代的生活方式依旧留存下来，任凭世间瞬息万变。

出于军事考量，屯堡民居皆为石头建筑，自成一个一个封闭的小堡垒；小堡垒通过城中迷宫样纵横交错的石头街巷守望相助，集结成一个大堡垒、大防御体系。

与此同时，屯堡建筑却又兼具中原建筑的特色。厚厚的石盔甲下，内里却是中原的四合院，院内门窗、楼廊，都是精致的木雕，至于那一道垂花门，则团结紧张严肃活泼，道尽了移民心绪。

何谓垂花门？

俗话有云，"大门不出，二门不迈"。"二门"，指的就是狭义上的垂花门，也叫"内门"。

标志，不消说，是正面悬挑的屋檐两侧，一左一右，从两根挑檐梁的端部倒垂下来的垂花柱。柱头被心思巧妙的匠人雕出各种花纹，最常见的是莲花瓣，所以垂花柱又叫垂莲柱。当然纹样绝不止于此，柱头也有方有圆，极度炫技的匠人，甚至能把一个柱头雕成走马灯样式的，只是不能转 —— 其复杂程度，能看得人眼花缭乱。

明代中后期以后，社会风尚渐趋奢华，建筑也不复朱元璋开国时严苛的简朴。屯堡虽在西南，中原的生活习惯，少不得也须带过去，于是远在西南的屯堡民居中，垂花门也很应景地出现了。

大宅院中，一道位于宅子中轴线上的垂花门，隔开了内宅和外宅。林黛玉第一回进贾府，"众婆子步下围随，至一垂花门前落下。众小厮退出，众婆子上来打起轿帘，扶黛玉下轿。黛玉扶着婆子的手，进了垂花门，见两边是超手游廊，当中是穿堂，当地放着一个紫檀架子大理石的大插屏"。——轿子只能抬到垂花门；至于垂花门那头的内宅，轿夫是无缘得见的，众小厮也只能在垂花门外听命。

这一道垂花门，是对内眷的保护；换个角度，也可能是禁锢。"庭院深深深几许"的故事，听得耳朵起茧，多少杜丽娘一般花儿似的姑娘，被锁在二门里，或不过从这个二门被轿子抬到那个二门里，外面的世界，同她们没有交集。

西南屯堡的垂花门，倒并非都是内院门，毕竟山高路远，自成天地。屯堡垂花门的材料也不同于中原地区的全木结构，却是一座木石结构的门楼：四周、屋顶、墙，包括门槛，皆为防御力倍增的石材，包裹着两扇对开的木质大门；至于彰示门内主人实力和地位的，则是门楼上部的花窗、额枋，还有一对、两对、三对的垂花柱！

在被目为蛮荒之地的西南边陲，垂花柱被雕刻得考究异常，绝无重复，乃至垂花门竟在六百年后成为屯堡建筑的符号之一。

[二]

垂花柱源于何时，还有待考证。不过北宋李诫的《营造法式》里，已经清清楚楚地画出了它的模样。

是一幅佛道帐的图样。图中，垂花柱的样式已经非常成熟：柱头下垂，呈莲花模样。依据《营造法式》里的文字，北宋人管它叫"虚柱"——倒也形象。

河北正定的隆兴寺，一座木质转轮藏则以实物形式为垂花柱在宋代的流行做了个注脚。

隆兴寺原先并非寺院，是东晋十六国时期后燕君主慕容熙的园林——龙腾苑。不错，这个慕容熙，正是《天龙八部》里心心念念要"光复大燕"的慕容复的先祖。据说龙腾苑修建

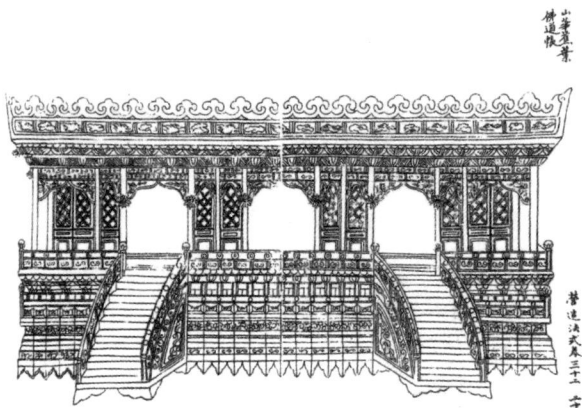

时，工人达两万之众，可见豪奢之极。但如同多数慕容氏一样，龙没有腾多久，慕容熙十六岁登基，二十三岁就因暴政被弑杀。自隋代被改建成寺院，此地历经隋唐三百年，到了北宋还在扩建。那座木质转轮藏，应当是宋代工匠的作品，也是中国现存最古老的转轮藏。这转轮藏建筑构件的处理极精致，有如一座重檐亭子，视觉中心的八角转架上，垂花柱同样是醒目的存在。

金代，五百多公里外的山西侯马，当地巨富董明的豪宅，表达了一个态度：神佛的建筑可以用这等精巧的构件，俗世一样能享受一番这样的奢华。当然，董明一方巨富 —— 没准儿还是首富，手笔自然不一般。这位八百年前的侯马富豪生前的

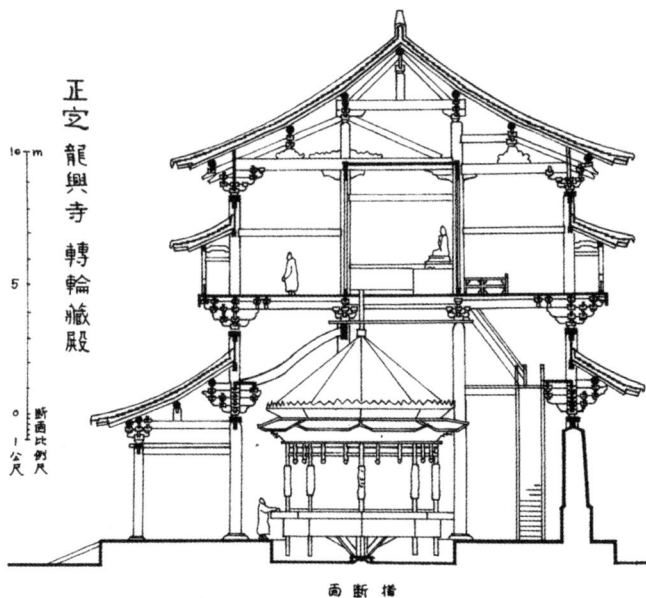

正定
龍興寺
轉輪藏殿

河北正定隆兴寺转轮藏殿断面图（梁启超《中国古建筑调查报告》）

日子，被浓缩在了身后的墓葬之中，墓中的砖雕墓壁上，莲花柱头造型的垂花柱简洁明快。

此时的垂花柱还解决了一个现实问题：当上部的横向构件过长，如果直接加立柱分隔，下部空间就会被割得七零八落；对照之下，"占天不占地"的垂花柱堪称完美解决方案，既简省了大木料（不言而喻，大木料比小木料要难得得多），又打破了单调。

至于垂花柱被应用在门上，不单拥有了专门的称呼"垂花门"，并由此成为著名的"二门"，同样也是因为它占天不占地的优势，协助支撑起了线条华丽的屋顶出檐。

从元代开始，北京的四合院渐渐形成。经过明清几百年，京城四合院垂花门之普遍，皇城、贵族豪宅自不待言，寻常四合院，但凡比较像样的，必分前院和内院，通往内院的门大多是垂花门。乃至垂花门竟还有了标准样式：

> 门上的垂柱分为上身与垂花两部分，上身之长为垂花门
> 檐柱高的十五分之四，垂花之长为上身的二分之一，上身见
> 方按檐柱径十分之九，垂花的式样也多为云气纹……
>
> （楼庆西《雕梁画栋》）

［三］

乾隆三十七年（1772），爱新觉罗·弘历的遂初堂完工了。

西汉刘歆有《遂初赋》，说的是打算避世退隐的心境。遂初堂？乾隆说了，"昔皇祖御极六十一年，予不敢相比，若邀穹苍眷佑，至乾隆六十年乙卯，予寿跻八十有五，即当传位皇

子，归政退闲"。——按照这一说法，自即位之初，年轻的弘历就许下愿望，说其此生执政，不敢超过祖父康熙皇帝的六十一年，到六十年就禅位。

"只执政六十年就够了"，乾隆的自信心可谓爆棚。不过他真就做到了。1771年，在他执政的第三十六年，六十岁的乾隆开始为退位做准备，修建颐养天年之地，也就是后来被称为"乾隆花园"的宁寿宫花园。

这个修建了六年的花园占地不大，四进院落，遂初堂在第二进。同第一进古华轩的分隔，就是一道垂花门。

对于"归政"这件事，乾隆是认真的，所以从宁寿宫花园的设计到营造，都格外上心，即便只是一道院门。

透过垂花门，即便打开内侧的屏门，院内的景象也是看不到的，因为太湖石和树木挡住了外来的视线，这是皇家的隐私；至于垂花门前的两个石狮子，屋脊上的神兽护卫，屋顶的琉璃瓦片和瓦当，自然是皇家的做派。

穿过垂花门内两侧的抄手游廊，转弯，经过东西配殿，再转弯，就是遂初堂。但乾隆高估了自己对于权力的豁达。不得不退位之后，他并没有如想象中那样放权给新皇帝，而是依旧占据着养心殿，继续自称"朕"，"训政"了三年。至于遂初堂院门前的那对垂花柱，怕是也没见过天颜几回。

柱础：山云蒸，柱础润

柱础，是柱的完美经纪人。

"柱础"这个词，最早见于西汉《淮南子·天文训》："山云蒸，柱础润。"说的是天气变化，柱础门儿清。

不过《淮南子》里的这个画面，实在是太带感了，于是引得后世诗人纷纷"抄袭"——江淹说，"山云润柱础"；白居易说，"润气凝柱础"；陆游说，"柱础生微润"。乃至千年后的清乾嘉年间，还有个玩家陈曼生，竟依着柱础的样子做了把茶壶，名为"柱础壶"；又配上"梅子雨，润础石"的铭文，让过了梅雨季的南方人又感觉到了潮湿。

那么，"柱础"究竟为何物？

[一]

先从两千五百年前，中国历史进程中的一桩大事件说起 —— 三家分晋。

公元前455年，春秋末期。

向来被目为软柿子的赵无恤，态度忽然强硬起来 —— 晋国权势最显赫的智氏，刚收割了韩氏、魏氏的土地，却在赵氏这儿碰了钉子。

自晋文公称霸，智、韩、魏、赵一直在晋国六卿世家之列，轮番执政。时隔两百年，国君已属傀儡，其余世家势力也四散瓦解，真正掌握晋国的，是这四大家族。

智瑶没有拿到赵氏的土地，心头火起，决定武力解决。于是胁迫韩、魏联手攻赵。又约定：灭赵之后，三家平分赵氏领地。

三路大军大举进发，赵氏匆匆退守地势险要的晋阳，情势危急。

—— 可是，最终分晋的三家，不是赵、魏、韩么？

其后自有赵氏家臣张孟谈深入韩、魏营寨，以"唇亡齿寒"成功策反二军，最终内外夹击灭智的惊心动魄。

—— 不过此刻，时辰还未到，赵氏在晋阳城，还有一场硬仗要打。

当下率先登场的，却是晋阳城中的一个建筑构件。

且说赵无恤那日找来家臣张孟谈拿主意：晋阳如今城池稳固，钱粮不缺，武库充盈，然则没有箭，如何是好？

张孟谈：臣听说，当年董子治理晋阳，宫殿的柱质，用的是精炼的青铜。

张孟谈所说的"董子"，是赵无恤父亲赵鞅的心腹董安于。当年董安于为赵氏经营晋阳城，可算是殚精竭虑，晋阳也因此能在短短五天里从民间聚集起钱粮兵器，从一座貌不惊人的城邑一变而为守备森严的军事堡垒。连守备用的箭，董安于都考虑到了：箭杆作为筑墙的材料，藏身在晋阳城宫殿的墙垣中。赵无恤担忧的箭头原料，也在明里：阳光下，晋阳城宫殿的那些青铜柱质。

于是下令：熔铜，造箭，备战。

三路联军在晋阳城下强攻三月，竟不能克。只能转而打持久战。

晋阳之战的后半段就不细说了。总之智氏被灭，再后来三家分晋，战国时代开启。

晋阳城宫殿的青铜柱质大约会觉得，自己竟以这样的方式参与到历史进程中，也是蛮奇特的。

〔二〕

柱质，粗放地讲，就是柱础。南宋鲍彪的《战国策校注》注释："质，礎也。"礎是础的小篆写法。

柱础，顾名思义，就是柱子的底座。现代都市，柱础的形象已经含混不明，但只要进到宫苑园林、寺院净地、古镇老街，又或是于山水处忽然撞见个亭台楼阁，那些木柱之下的石墩，就瞬间眉眼清晰起来。

稍加留心，柱础简直随处可见。独立半独立的，室内室外的，方形、鼓形、莲花覆盆的——有柱，就有柱础。但凡明清民国建筑中，柱础从精致玲珑到光秃秃一个墩子，从贵气逼人到粗放地蹲在墙根儿，各种形象都有。

柱子在中式建筑中的不二地位不必多提，"中流砥柱""台柱""顶梁柱"，还有今人不太熟悉的那些词："柱臣"——国家的倚重之臣，"柱国大将军"——肩负国家安全的高级军事统帅，云云。

至于柱础，则是柱的完美经纪人，隔开木柱与潮湿的地面，更均匀分散了柱子承载的压力，将压力传至地基。它们之间的关系，比榫卯那种既保持距离又不乏亲密的关系要更松散一点儿——柱子大抵都是直接立在柱础上，没有榫卯，没有黏合，有的不过是二者之间的一点摩擦力。这种简单的关系却出奇地稳当。间或发生一些状况，柱子和柱础见怪不怪，旁人却看得瞠目结舌：强震之后，柱子偏离柱础乃至脱开，建筑却安然无恙。因其所依仗的，是整个木结构的稳定。

董安于当年营建晋阳城宫殿用了青铜柱质，成为江湖永远的传说。这种做法，倒也非他的独创。早在殷商，就已经有这样的操作。

殷商进入青铜时代，高等建筑用上铜质的柱础，也是国力的显示。不过铜毕竟金贵，技术要求也高，不如石柱础来得亲切随意，粗加工过的天然石块可，天然卵石亦可。在河南安阳的商代都城宫室遗址上，考古学家发现了许多排列成行的石柱础——都是天然卵石，较平的一面朝上，直径大多15—30厘米。

所以用铜做柱础的历史也短，在秦汉之后已不见，秦始皇统一六国，柱础的材料也许也被规定了统一标准，成为硬石军团。"础"字也是标准的形声字：无论是在小篆中写作的"礎"（小篆即是秦统一六国后推行的标准化文字），还是后来演变成楷书后的"础"，都是妥妥的右声左形。

至于柱础的源头，按考古发现，则还能回溯到新石器时代。在当时的房屋遗址上，就发现室内的木柱底部有扁平的砾石垫片，是迄今发现最早的石柱础。木柱承重，插在松软的地基上，经年累月，免不了下沉，房子于是开始歪歪斜斜，很让先民头疼。反复琢磨，终于想到了这一招。当然，这一"反复琢磨"，就是几千年。

柱础从地下走到地上，又是几千年以后了。汉代木构架逐渐完善，木柱终于不需要插入地基，而是依靠构架自身结构来保持稳定，柱础终于浮出地面。好比在地面搭了个房子，不用打桩，今人想来，也是神奇。

不过汉代的柱础表面依旧中央开孔，木柱与柱础此刻还是榫卯相接的关系。直到唐以后，带卯孔的柱础才渐渐销声匿迹。

[三]

《日本营造之美》中有一册《法隆寺》，里面有一系列手绘的插图，严谨且欢快，据说高度保真还原了奈良法隆寺的完整建造过程，很可以做个参照，让人知晓隋唐及以前宫殿的建造流程。

率先登场的工匠，在地基夯实之后，三个人用尽浑身解数，利用地基坡面，工具种种，把柱础运上高台。

搬运柱础原来那么费劲？

不错。李诫《营造法式》里说到宋代柱础的营造制度：

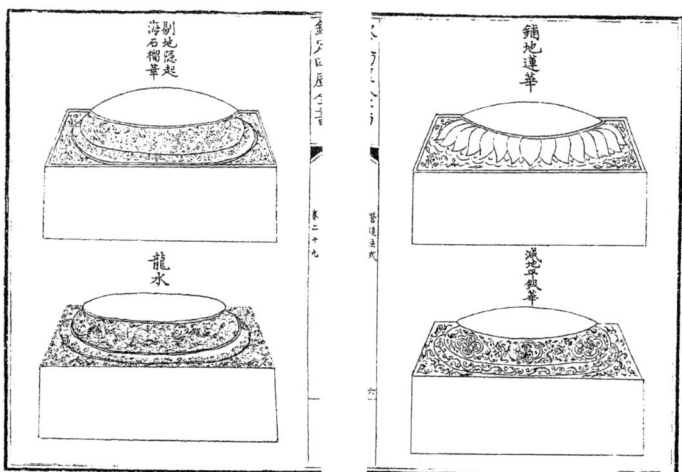

李诫《营造法式》中的柱础

其方倍柱之径。谓柱径二尺，即础方四尺之类。方一尺四寸以下者，每方一尺，厚八寸。方三尺以上者，厚减方之半。方四尺以上者，以厚三尺为率。

柱子的直径如果是二尺，柱础就是四尺见方，厚三尺。想象一下这块柱础的分量。

这还是"小巫"情况。"大巫"可以参见洛阳，当年武则天大手笔营建的明堂。今天的明堂遗址中心柱础坑内，四块青石拼成的巨型柱础稳重端庄——也必然是稳重的：每块青石长2.4米，宽2.3米左右，厚度略矮于你我，也就1.5米吧。

接下来，手持棍棒的工匠登场。棍棒是用来调整柱础位置的，也就是今天我们常用到的一个西方名词——杠杆原理。中国古人不知道这个名词，用得照旧很好。

边上还有另外两个工匠，做定位工作。这个团队的任务是按开间进深尺寸，精确定位柱础。

最后才是木柱们的登场。

千百年后，古代建筑们基本已成为一道光，那些基础之后的工序，大抵都已经灰飞烟灭。所幸还有考古学家，凭借着那些发掘出来的、类似天书的遗迹残留，通过各种缜密的推断，将残局还原，让后世还能依稀看见工匠们当时夯实地基、定位柱础的模样，遥想当年建筑的宏大气度。

［四］

景祐三年（1036）八月，年轻的宋仁宗赵祯下了一道禁奢令。

《清平乐》里，还是侍女的张妼晗给他做了一道小火慢炖的小肥羊，美人伴美味，却没能讨得赵祯欢心，反倒吃了一顿数落：这一顿饭，是多少百姓几年的收入！

这一段剧情并非凭空想象。宋仁宗的节俭，宫廷内外都知道，还有不少段子流传。一道接一道禁奢令的颁布也自然而然。

这道景祐三年的禁奢令被记录在《宋史·舆服志》里，中有一条："非宫室、寺观，毋得彩绘栋宇及朱黝漆梁柱窗牖、雕镂柱础。"——一个时代的富庶与繁华，也许就被浓缩在了里面：彩绘栋宇、朱黝漆梁柱窗牖、雕镂柱础，彼时早已非官家高级建筑的专利，庶民亦可以拥有。柱础的风尚之路，至此又上了一个高度。

那件汉墓出土的虎形柱础，石虎盘身于柱础之上，虎头方愣，虎目圆睁，虎尾修长，是汉代的霸气外露。

北魏的覆盆柱础，顶部高浮雕莲瓣，周边雕蛟龙穿行于群山之间，四个伎乐童子分居方座四角，有佛教，有西域，种种外来文化，是魏晋南北朝的文化融合。

宋代的仰覆莲花柱础，线条细腻，讲求造型，正是宋代的文人审美。

面目模糊的却是唐代。佛光寺和南禅寺不过普通佛寺，而当年的雄伟宫殿寺院，都已荡然无存。不过细细一想，虽有缺憾，却也留下了想象的空间。

那日岑参在北庭都护府闲来无事写诗，写的不是"君不见走马川行雪海边，平沙莽莽黄入天""凉秋八月萧关道，北风吹断天山草"那种岑参式的边塞诗，而是"草根侵柱础，苔色上门关"。——此时是天宝十三年（754），大唐边塞无事。

仙州岑参没有讲北庭都护府的柱础什么模样，他眼前，是野草恣意从柱础缝隙间钻出来的模样。日子散淡，生活简单。

鸱吻：
今夕何夕

"依稀记，画檐鸱吻，
烧作紫鸳鸯。"
　　　——陈维崧

藏身苏州阔家头巷的网师园，依循江南士大夫宅邸的一贯风格，含而不露。宅子正门两侧筑墙，粉墙黛瓦，屋脊左右是一对鸟儿模样的装饰，名"哺鸡脊"。这装饰在不同的屋脊上各有变化，究其正宗，矗立在故宫太和殿殿顶两端的一对瑞兽可为范例：但见它尾部向天空高高卷起，龙目圆睁，龙嘴大张，吞住屋脊。这一对皇家宫殿上的兽，名曰"鸱吻"。

开宝五年（972）的正月，宫中虽依旧歌舞升平，李煜已自心下凄惶。

上一年，挥师南下的北宋大军直取南汉都城广州，南汉亡国。兔死狐悲的空气笼罩南方。至此，南方诸国已所剩无几。面对着屯兵汉阳的宋军，李煜效仿父亲李璟当年，向宋廷改称"江南国主"，以示臣服，又派弟弟郑王李从善前往宋廷，向宋太祖赵匡胤朝贡。

这个正月，李煜再次下令贬损仪制：南唐朝廷一切仪制都做降级处理，不单各大府院改换名称，就连诸王头衔也降为"公"，以表对宋廷的尊崇。

——在写下《南唐书·后主本纪》中这一段时，陆游心下黯淡。此时，已是又一轮的物是人非——太祖打下的江山，如今只剩半壁。

顿了顿，陆游提笔继续：

> 初，金陵殿阙皆设鸱吻，元宗虽臣于周，犹如故。乾德后，遇中朝使至，则去之，使还复设。至是，遂去不复用。

南唐金陵台殿上的鸱吻，被悉数撤下。

当年李璟对后周称臣，虽也是自称"江南国主"，但金陵台殿依旧如故。赵匡胤黄袍加身建立宋朝之初，乾德年间，宋廷有使者到，李煜也不过做做姿态：使者来了，就将台殿顶上的鸱吻撤下；使者回去了，鸱吻依旧回归台殿之上。但这回，情势再不相同。

撤下的何止鸱吻？而是帝王之仪。

开宝五年之后，南唐宫殿上的鸱吻再没有机会回到殿顶，俯瞰此间的雕栏玉砌和一江春水。

——写至此，陆游怔怔出了会儿神。

［一］

鸥，按照唐人的说法，是一种海兽。

> 蚩者，海兽也。汉武帝作柏梁殿，有上疏者云：蚩尾，水之精，能辟火灾，可置之堂殿。今人多作鸱字，见其吻如鸱鸢，遂呼之为鸱吻。
> （唐·苏鹗《苏氏演义》）

说得清清楚楚，这种叫"蚩"的海兽，能辟火灾（多半有兴风作浪的本事），所以可以置于殿堂顶上。——可见是用于驱火辟邪的瑞兽。

并且，"蚩"想必走骁勇路线，看它的嘴就可以想象——是那种像鹰嘴一般锐利的形状。"吻"，古代指的是"嘴"，后来才演绎出如今的意思，源头倒也一清二楚。

北宋、南宋之交的文人学者叶梦得在史料笔记《石林燕语》里写过这样一句话，可以视作鸱吻地位的说明："其制设吻者为殿，无吻者不为殿矣。"

顶上置"吻"的，才有资格称为"殿"。所以不是随便哪儿都能安鸱吻的。唐律，只有"殿"——宫殿、寺庙之类的皇家建筑，才能安鸱吻。倒也不尽然。南朝最后一个朝代陈，三公宰相的官署建筑上也是可以安置鸱吻的。但叶梦得的意思到了。

就连把鸱吻安置上殿，都有一套隆重的仪式。清代《工程做法则例》详细记载过"迎吻"仪式：需"遣官一人，祭吻于琉璃窑；并遣官四人，于正阳门、太清门、午门、太和门祭告；文官四品以上、武官三品以上及科道官排班迎吻；各坛庙等工迎吻"——朝廷大员全员出动"迎吻"，规格之高，自不待言。

不过到了后来，鸱吻早已不是皇家独有，不单王公贵族，就连苏州园林、晋商大院都能觅着它的身影，不过降降等级，规模缩小，换作别的兽，以示区别。当然，也是高门大户，才有此配备。

那日，陈维崧回到江苏宜兴亳村的旧宅，内心怆然。大明国已亡，如今已是新朝。他填了一阕《满庭芳》：

> 宅列光延，门齐通德，君恩曾赐山庄。胜衣膝下，粉署半含香。白皙华貂插鬶，东头屋、绿野名堂。依稀记，画檐鸱吻，烧作紫鸳鸯。

沧桑。今已换，苇花枫叶，一片苍茫。剩戟门未圻，酒
斾新扬。土锉谁人竞唱，边州调、白草黄獐。缭垣外，西风
吹到，憔悴旧家郎。

旧宅东边，那里曾是开远堂，三伯陈贞达的别业，那时
是何等的锦绣风华。陈家当年，是出了名的官宦世家，祖父陈
于廷官至左都御史，父亲陈贞慧为"明末四公子"之一，三伯
陈贞达也在风华正茂的时节去了京城为官。如今开远堂已成酒
肆，苇花枫叶，一片苍茫。三伯跟着崇祯帝在"甲申之变"中
殉了国。陈维崧依稀记得，当年的开远堂画檐之上的鸱吻和紫
色的鸳鸯瓦——"依稀记，画檐鸱吻，烧作紫鸳鸯"。

对于陈维崧的怅惘，鸱吻却已经释然。屋檐之下，无论
是宫殿还是民间大宅，终归都是更迭往复的历史，月落日升，
一轮接着一轮。

[二]

说起来，鸱吻起初并不叫"鸱吻"，最早的记载，叫
"鸱尾"。

据说这"能辟火灾"的海兽，原是条鱼："东海有鱼虬，

尾似鸱，鼓浪即降雨，遂设象于屋脊。"（《谭宾录》）听起来很合情理。唐德宗时，《唐会要》里，就直接称之"鸱鱼"。

又据说它的原型其实是印度的摩羯——不错，正是十二星座中的摩羯，美人鱼的原型。摩羯本是印度神话中水神的坐骑，羚羊头、鱼身、鱼尾，佛教以其比喻菩萨以爱念缚住众生，可见还是爱的化身。南北朝时，魔羯鱼随佛教传入中国。

无论本土还是舶来，总归都是用来辟火的。

不过这让唐人百般推测的汉代宫殿上的瑞兽，却并没有汉代的图画文字流传下来。汉代画像砖上倒是有幅小像，不过线条太过简单看不真切：但见那建筑的正脊两端上翘，说是牛魔王的两只角，也并无不可。按照专家的推测，大约是"大型建筑物正脊两角，最容易漏雨或损坏，所以常将此处用瓦叠垒加固。后来压角的瓦件逐渐增大，有的斜向上方高耸尖翘"（孙机《汉代物质文化资料图说》）。这也许就是鸱吻的雏形。

北朝倒是有了画像，而且笔触生动：壁画中，鸱吻如同大鸟的两翼一般伸展在建筑正脊两侧，华美异常，简直是打算飞起来的模样——叫"鸱尾"的确来得更贴切。

到了唐代，线条就变了。昭陵献殿的鸱吻，羽毛飒飒，一望而知的悍将。不过，那向着天空的锐利线条，更像是鹰头，凛然不可犯。而到唐玄宗年代，鸱吻的吞口就已确凿在正脊的方位。只见那龙头大张，吞着屋顶正脊；尾部却上卷，指

山西忻州九原岗北朝壁画

向天空。及至精工细作的宋代，鸱吻龙头鱼尾的完整造型确立，五官也日益清晰。当然，无论怎么精雕细刻，吻始终衔着正脊。

至于具体什么时候改的名，说不清楚。北宋张师正的

《倦游杂录》曰："不知何时易名为鸱吻。"不过倒也不那么绝对，宋代的《营造法式》里就还称"鸱尾"。

到了明代，又给了鸱吻一个明确的身份——龙子。这身份给得如此凿凿，以至于成为板上钉钉之事，"鸱吻"一名，也被习惯地叫成"龙吻"了。

其身份证明如下：

龙生九子，虽说都不成龙，却也各有能耐。其中一个叫"螭吻"（螭、鸱、蚩，虽说写法各异，音却相同，都音"痴"）的，排行老七（也有说是老九）。该公子龙头鱼身，口角阔大，爱好吞火，惯于兴风作浪，遂任大殿之上的"御前带刀护卫"。

[三]

称其为"御前带刀护卫"，其实不太准确——明清以后的鸱吻，确实是带着"武器"的，但不是"刀"，而是"剑"。

这柄剑据说大有来头，乃道教净明派祖师许逊之剑，斩过蛟龙，除过妖邪。一种说法是，妖孽最怕许真君这把剑，一见就两股战战。鸱吻负剑，妖孽望风而逃。另一种说法，就对鸱吻很不友好了，说是唯恐这位龙子擅离职守逃回大海，所以

将它钉在屋脊上 —— 听着无端觉得后背有点儿发凉。

其实，除了镇宅，从建筑结构上来说，这柄"剑"也确实大有用途。

中唐开始，鸱吻背部出现了一个凸起的、丁字形的附件，名叫"抢铁"。《营造法式》上说，"凡用鸱尾，若高三尺以上者，于鸱尾上用铁脚子及铁束子，安抢铁"，可见是通过铁链同正脊相连，用来加固鸱吻的。毕竟狂风吹落宫殿鸱吻之事，已发生过不止一回。

到了明清，鸱吻的规格再上一层。故宫太和殿的正吻，高3.4米，宽2.68米，重4300公斤。这连着天际线的一笔，必须要够有力，就需要在正吻背上开口，倒入填充物，再封口，让鸱吻在上面立得更稳当 —— 那柄"剑"，正是用来加固封口的。

《太平广记》里抄录了唐人刘餗的一则笔记，说开元初年（713），在润州江宁县（也就是南京）瓦官寺修讲堂，匠人一不留神从鸱吻内的竹筒中发现一样物件，交给寺里的僧人。后来，这物件被县丞李延业求得，于是献给岐王李隆范，李隆范又献给了三哥 —— 玄宗李隆基，就此留在了内廷。也有说又被岐王借出的，后来岐王家中失火，图书尽焚，也就随之灰飞烟灭。这物件，竟是王羲之的真迹 ——《告誓文》。

[四]

西安，大明宫国家遗址博物馆，一尊鸱吻静默着。它大约是存世最早的鸱吻，高1.5米，重150公斤，来自昭陵献殿之巅。

唐贞观十年（636），三十六岁的长孙皇后辞世。她与李世民少年结发，独得宠爱。在经历了李世民从贵族子弟到帝王的种种惊心动魄之后，二人依旧能执手赏花赏月谈古论今。

此时三十九岁的李世民，伤痛可想而知，他再没有立皇后。帝国的将作大匠阎立德、阎立本受命主持昭陵的修建。这不仅是皇后的陵墓，更是李世民将来和心爱的女人共同的归所。

鸱吻就守在昭陵献殿上。

它见过显庆三年（658），高宗李治在此进行的献俘仪式。是刻意的安排。原本，献俘仪式是该在太庙举行的。上一年唐军西征，一举灭了西突厥，"收其人畜前后四十余万"，俘虏了沙钵罗可汗阿史那贺鲁。父亲多年来的遗憾终于得以弥补，高宗心绪激荡。

八年后，又一场献俘仪式在此进行，这回是高丽。隋朝当年，就是因为杨广的三次远征高丽而开始急转直下的，太宗贞观十八年（644）又出兵辽东征高丽，虽连下十城但终因天气寒冷粮草不济而撤兵。这回，高宗终于将高丽收服，高丽王被擒。

它也见证了玄宗李隆基的成就，开元十七年（729），帝国进入最鼎盛的时代。

意料之外，它竟还目睹了此后历代帝王派遣的官员相继到来，并纷纷在此立碑记事。祭祀昭陵，祭祀的大约已不是大唐，而是一种文治武功的大国气象。

鸱吻如今虽置身陈列柜中，而非耀目阳光下的宫殿之巅，但依旧透着难以言说的威慑力。

再粗糙的日子，也不能少了风和阳光。

藻井：顶上有乾坤

不妨从和平谷的一只名叫阿宝的熊猫说起。

因缘际会，天降大任于阿宝，示意它将成为一代大侠，维护山谷和平。生死攸关之际，师父浣熊领着阿宝进入功夫的圣宫。

只见浣熊取下乌龟大师画像前的手杖，深吸了一口气，将手杖缓缓挥出。宫殿中央的瑶池水面，片片桃花瓣被杖气激起。其中一片飞舞到殿顶中央，只见那中央一条蟠龙，怒目圆睁，口中衔着一个金碧卷轴。那花瓣落到卷轴之上，只一个细微的触动，机关开启，卷轴落下。浣熊伸出手杖，轻轻一点，接住卷轴，递给熊猫阿宝：这是你的了。

是一代禅宗乌龟大师留下的神龙秘笈。

《功夫熊猫》还真是深谙中国武侠片里重要物件藏匿之道：武功秘笈、传国玉玺、遗诏之类的顶级物件，不妨抬头往上找。顶上有乾坤。

同样花了大心思研究的，还有顶上乾坤本身——神龙秘笈的所在：翡翠宫大殿中央，被八根盘龙柱围绕，殿顶，八角形顶层层向上凹进，以卷草纹作为点缀；正中央，蟠龙瞪着龙眼，俯瞰众生。——这个雍容舒展的顶部构件，正是中国传统建筑中神一般的存在——藻井。

[一]

几年前，紫禁城养心殿大修，一神秘物件在藻井上方现身，是一块护国佑民的镇宅神牌。

养心殿始建自明代。清代，自从雍正帝搬来这里，皇帝们就一直在此处理政务。殿中御座顶上，就是藻井。

雍正帝一直口碑两极，受野史挤兑，这块神牌在静默了三百年后的意外现身，对他大约是一种不动声色的力挺。一天工作十五个小时的雍正，在头顶藻井上供奉这样一块神牌，大约是要时时提醒自己，何为天子。

说回养心殿藻井。顶心蟠龙，龙头朝下，口中衔大宝珠，

《功夫熊猫》里的翡翠宫藻井与之很有几分神似，它借鉴的也的确是这种典型的清代样式 —— 龙井。

每朝各有所好，比如汉唐，就好莲花。清代讲究奢华霸气，于是有了龙井。

不过要说美出天际的，一定是下面这件明代藻井 —— 北京隆福寺万善正觉殿明间藻井。

藻井今日不在隆福寺，在先农坛太岁殿 —— 它的留存，算是不幸中的万幸。

1976年唐山地震殃及北京，这座明景泰三年（1452）敕建的佛寺也情形不妙。寺院随后被拆，主殿正觉殿中的藻井也被拆下，幸而保留了下来。

今天的藻井，是根据当年梁思成营造学社的老照片重新修复的，很多零件流散，六层的藻井只修复了五层。但只这五层，已足以惊艳得令人发指。

整座藻井方井内含圆井，圆井内又见方井，直径三米有余，高达四米。

每一层都有祥云环绕，祥云斗拱之上是木构殿阁，越往上层，殿阁的数量越少，体量却越大，可见天界也分阶层。

六十八座亭台楼阁，飞檐斗拱，雕梁画栋，细节清晰可辨，单单屋顶样式，就有重檐歇山、重檐十字歇山、重檐圆攒尖、四角攒尖……不一而足。诸神若是住在同款的殿阁里，的确也不像话。

彼此也须时常走动，因此建筑与建筑并不孤立，由各色廊道连通，但见情态各异的诸神在楼阁中，在游廊间，俯视着凡间。

更大的玄机还在顶部中央。是一幅星宿图。二十八星宿，一千四百余颗星星，即便以现代的天文观测结果比对，位置依然非常精确。

看完这座藻井的每一个细节需要多久？不好说，总要个三五天吧。

相对隆福寺藻井，南方苏州，一个苏州人的设计 —— 华人建筑大师贝聿铭设计的苏州博物馆新馆，则是另一种意外。

贝氏在苏州是六百年的大族，为有两千五百年历史的苏州设计的博物馆究竟什么样，有点儿意思。

最终，人们愣在当场。竟是几根极简的几何线条，勾勒出了最传统的粉墙黛瓦、苏州园林。

更让人恍惚的是新馆大厅中央。阳光毫无保留地穿过的那个八角形、向上凸起的玻璃屋顶，据说，竟是传统藻井的变体？

大千世界，也许自有无数变体。

〔二〕

说来也有点儿玄幻：屋顶中央，何故出现了井？

回到上古穴居时代。

如你所知，穴居生活粗糙。不过再粗糙的日子，也不能少了风和阳光。机智的先民想：那就在穴顶开个洞？不想这个洞，带来的不单是新鲜空气和光线，还有后世的脑洞。

从这个洞开始，其中一个流派致力于空气流通，就有了排烟专用的"囱"；一个流派则专注于光，于是有了今天的窗子，古人叫作"牖"（yǒu），位置也从顶上转移到了墙上。同上述务实派不同，还有一派走上了形而上路线，逐渐变身藻井：起初没准是因为那一抬头，一道天光穿透幽暗，裹挟着翻飞舞动的微尘，让人一阵恍惚，中央的洞顿时变得神圣起来。

穴居时代结束，进入地面时代，室顶中央开天窗的惯例在一些建筑中依然保留了下来，不知什么时候，还有了祭祀中霤（liù）的仪式。

"中霤"，说的就是室中央。被光打到的位置，地位自不一般。"霤"这个字貌似孤冷，其实单纯：上雨，下留，一目了然 —— 屋顶的孔洞承接的不但有天光，还有雨水。讲究点儿的先民捡来树枝，码在洞口四围，一来保护洞口，二来也显得体面 —— 大约就成了藻井的原始形态。

至于藻井正式见诸文字记载，迄今所见，要到汉代。

东汉张衡在他的《西京赋》里写到西京长安未央宫的大家风范，藻井登场：

> 蒂倒茄于藻井，披红葩之狎猎。

读来艰深，但推知一点倒是不难：汉代，藻井就已经出现在了顶级规格、"非壮丽无以重威"的未央宫中。

宋《营造法式》有注：

> 藻井当栋中，交木如井，画以藻文，饰以莲茎，缀其根
> 于井中，其华下垂，故云倒也。

这么一说，藻井的形态就清楚多了：位置在建筑中央，木料交错叠起一口井的模样，井边绘制花草纹样，井中间则有立体的莲花，倒垂下来。

为什么有各种花草纹样装饰？东汉末年的学者应劭在他的《风俗通》里说了：

> 殿堂像东井形，刻作荷菱。荷菱，水物也，所以厌火。

井，东井的化身，身为二十八星宿之一，东井主水；井边刻荷纹菱纹，因其是水生植物，厌火。一句话，藻井还肩负了辟火的重大责任。木结构建筑，最惧的就是火，于是在殿顶置"井"，"井"里再栽上"荷菱"，也真真费尽了心思。

[三]

大概是开元二十三年（735）吧。三十出头的李白内心有点焦虑。离开蜀地仗剑天涯也已经有些年了，还飘忽在干谒路上，为何大道如青天，我独不得出？

这年正月，唐玄宗下诏求贤，李白大喜过望，写《明堂赋》献玄宗以自荐。

明堂，唐东都洛阳第一号建筑，女皇武则天的大手笔。她的两任夫君，太宗李世民和高宗李治都有过建明堂的打算 —— 自周代起，明堂就是国运昌明的象征 —— 但都因故作罢。

李白在赋里盛赞开元盛世。倚天伫立的明堂，中有"藻井彩错以舒蓬，天牕皒翼而衔霓" —— 藻井色彩交错，花草纹舒展，天窗在日光下映射出绚烂的色彩。

宋代《营造法式》里规范了一种名为"斗八藻井"的做

法，顶心"皆内安明镜"——明镜大致就是铜镜，天窗的象征。铜镜易得，但真要在殿顶安天窗？在建筑材料有限的古代，这景象实在迷离：究竟是什么材料，既能透光，又能挡住风雨？

李白没有说。而且，他可能也并没有进过明堂。

一介布衣，没有皇帝的召见，能进到洛阳宫城，在殿外旁观官员上下朝的情形，已经很难得。以李白的天马行空，据他人的描述脑补这斑驳迷离的景象，料非难事。

二十多年后，曾经的明堂在"安史之乱"中化作焦土，留在自己的时空里。不单明堂，那个时代的所有藻井也都尘归尘土归土。唐代建筑遗存至今都已是凤毛麟角，皮之不存，毛将焉附？

所幸还有敦煌。

至今保留在敦煌壁画中的藻井图样，上至北凉，下至元代，跨越千年。那些藻井纹样，已成为现代设计的灵感来源。

敦煌石窟中的藻井图案，原是仿照各个时期的木建筑藻井绘制的，人世间藻井变迁，也就在佛国留了下来。

〔四〕

北宋的不羁公子柳永，那日又新填了首词，依旧是标准的柳永风，写尽女子的寂寞。上片写道：

> 绣帏睡起。残妆浅，无绪匀红补翠。藻井凝尘，金梯铺藓。寂寞凤楼十二。风絮纷纷，烟芜苒苒，永日画阑，沉吟独倚。望远行，南陌春残悄归骑。

"藻井凝尘，金梯铺藓"，心境惆怅，周围景致也萧瑟下来，黯然失色。在柳公子笔下，藻井的画风180度转身，由汉唐宫殿佛寺的宏大一变而为旖旎。

在南宋词人史达祖笔下，藻井则成了燕子的流连处：

> 过春社了，度帘幕中间，去年尘冷。差池欲住，试入旧巢相并。还相雕梁藻井，又软语、商量不定。

虽说最高等级的藻井始终在皇家宫殿和高级佛寺中，但唐代"王公以下屋舍不得施重栱藻井"，到了宋代，成了"凡民庶家不得施重栱藻井及五色文采为饰"。律法放宽到这个程度，可见宋代国力虽不如大唐，日子却是比前朝滋润得多了。

更何况，这条规矩，执行起来大概也不会那么严格。

到了明清，民间也开始了对藻井的各种想象。

宁波天一阁隔壁有一座秦氏戏台，耗资极巨，是宁波钱业巨子秦际瀚的手笔。据说1923年在上海开钱庄的秦际瀚回乡祭祖，见秦氏祠堂破败，提出重修，族中长辈见他张狂，当场回绝，不过也给这位家族成功人士留了面子：可以建支祠。秦际瀚大为恼火，于是铆足了劲，选中月湖西、天一阁隔壁的风水宝地，用时三年，斥资二十万白银建起秦氏支祠。其中最华丽的建筑，就是秦氏戏台。

秦氏戏台藻井设计精巧，螺旋式穹隆，十六条曲线盘旋而上，每个斗拱都雕成如意形状，汇聚于藻井中央的明镜处。是南方经典的戏台藻井之一。

明清，南方，即便是偏远乡村，建座戏台，都希望能在顶上建座藻井。相对宫殿庙宇，戏台藻井却也无半分怯场，只用相对单一的构件，竟同样能拼出令人瞠目的迷幻感。又据说戏台藻井的这种设计还能产生一流的音效，余音缭绕，但这恐怕很次要。要紧的，曾是帝王家专属的藻井出现在此，是何等的梦幻？

话说回来，人世间、戏台上，又有多少分别呢？